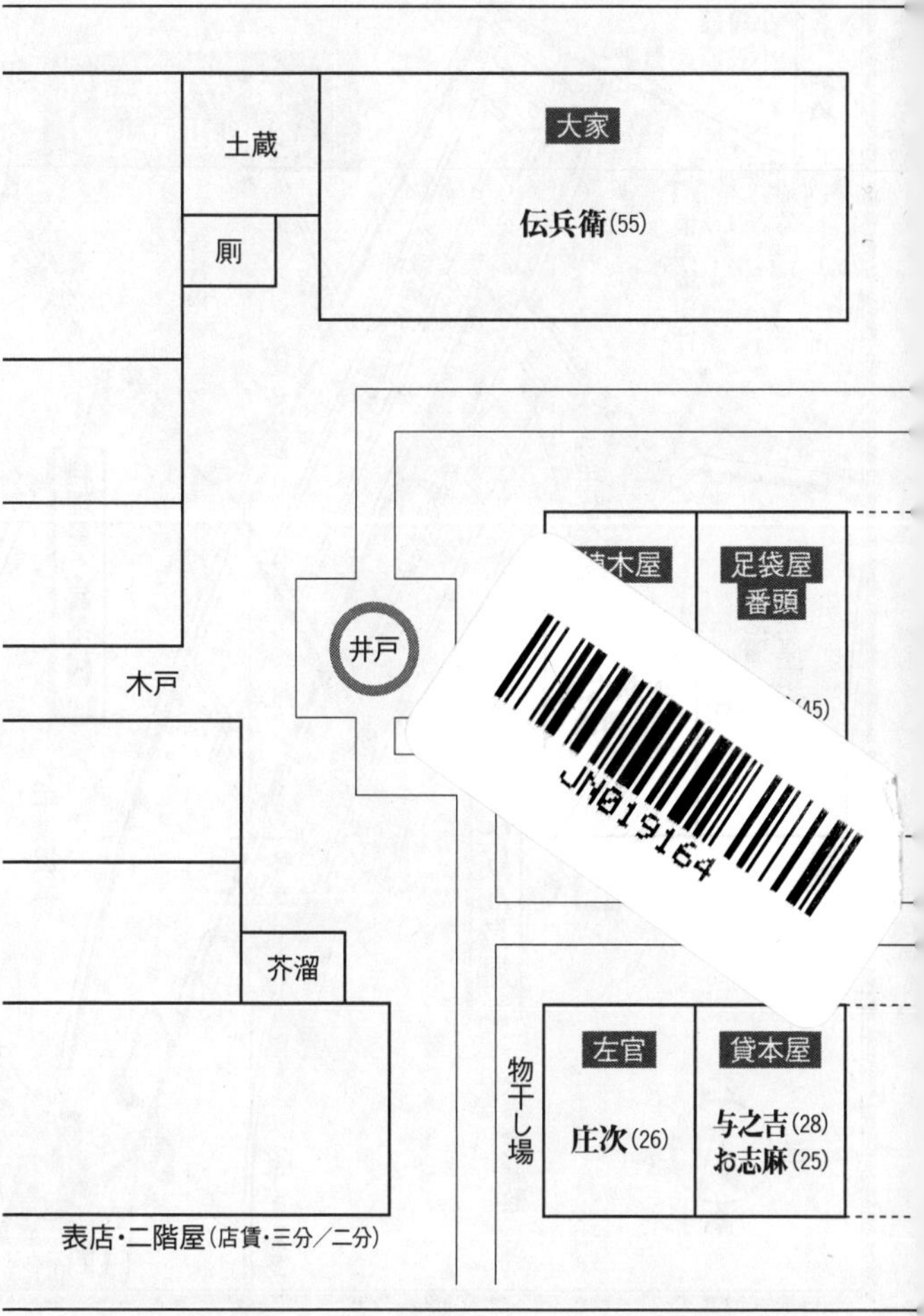

大家
伝兵衛(55)
土蔵
厠
井戸
木戸
芥溜
足袋屋
番頭
(45)
左官
庄次(26)
貸本屋
与之吉(28)
お志麻(25)
物干し場
表店・二階屋(店賃・三分／二分)

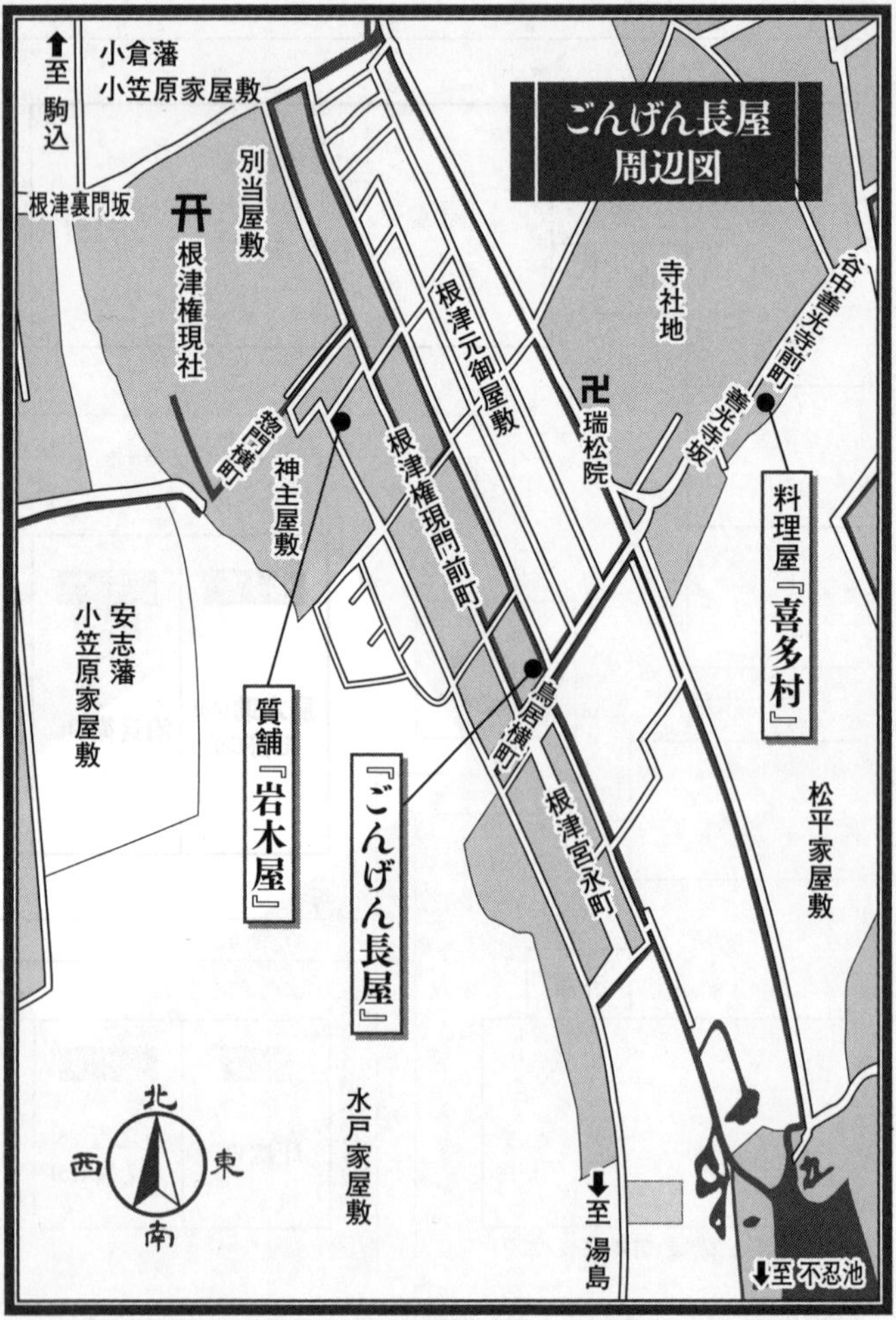
ごんげん長屋
周辺図
至 駒込
小倉藩
小笠原家屋敷
根津裏門坂
別当屋敷
根津権現社
惣門横町
神主屋敷
根津元御屋敷
根津権現門前町
寺社地
瑞松院
谷中善光寺前町
善光寺坂
料理屋『喜多村』
安志藩
小笠原家屋敷
質舗『岩木屋』
『ごんげん長屋』
鳥居横町
根津宮永町
松平家屋敷
水戸家屋敷
至 湯島
至 不忍池
北
西
東
南

ごんげん長屋
つれづれ帖【八】
初春の客

金子成人

双葉文庫

目次

ごんげん長屋・見取り図と住人

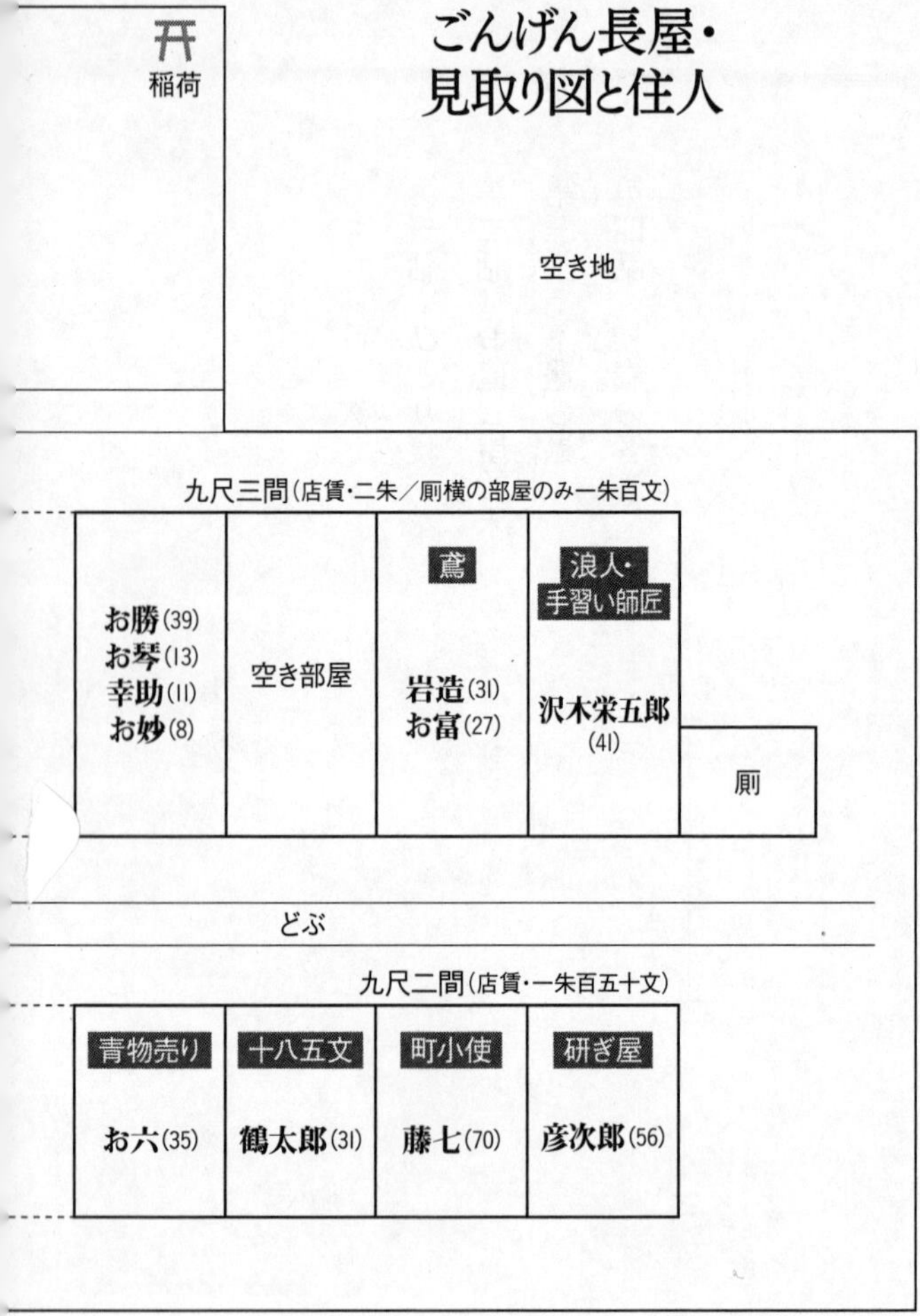

ごんげん長屋つれづれ帖【八】

初春《はつはる》の客

第一話　ひとり寝

一

文政《ぶんせい》二年（一八一九）の冬である。

十一月も半ばを過ぎると、朝晩どころか、昼間もかなり冷える。霜月《しもつき》と呼ばれているというのも、よくわかる。

十一月は例年、月初めから何かと行事が続く。日本橋《にほんばし》の堺町《さかいちよう》、葺屋町《ふきやちよう》の芝居町《しばいまち》では顔見世《かおみせ》の興行が始まっていた。八日のふいご祭りも、十五日の七五三《しちごさん》も終わって、今日はすでに十九日である。師走《しわす》まであとわずかということもあり、世の中はどことなく気ぜわしくなった。

根津権現社《ねづごんげんしや》近くの質舗《しちほ》『岩木屋《いわきや》』の帳場を預かる番頭のお勝《かつ》も、何かと気が急《せ》いている。

質草《しちぐさ》を預けている客の中には、預かりの期限を忘れているという者もいるので、そのことを知らせなければならないのだ。

その他に、番頭にはいつもの帳面付けもあるが、帳場に座っているばかりでは済まない。

師走になれば、盆暮《ぼんく》れ勘定《かんじょう》の取り立てにも備えなければならず、そのために質入れに来る者が増えるし、寒さが堪《こた》える頃になって、慌《あわ》てて火鉢《ひばち》や炬燵《こたつ》の『損《そん》料《りょう》貸《が》し』にやってくる者もいる。

『損料貸し』というのは、金の工面《くめん》ができずに請《う》け出すことのできなかった質流れの品々を無駄にしないために、損料と称する貸し賃を取って一定期間貸し出す商《あきな》いである。損料貸しの品というのは、着物や布団、衝立《ついたて》や炬燵、火鉢に行火《あんか》など暮らし向きに使う物が多い。その他にも、酒器、大八車《だいはちぐるま》、石灯籠《いしどうろう》、刀や雛《ひな》人形《にんぎょう》、櫛笄《くしこうがい》などの装飾品や褌《ふんどし》に至るまであった。

したがって、この時季は店開きの五つ（午前八時頃）から、手代《てだい》の慶三《けいぞう》に蔵番《くらばん》の茂平《もへい》、品物の修繕係の要助《ようすけ》までもが加わって、損料貸しの品物を持って、蔵と帳場の間を幾度となく飛び回ることになる。

この日は、四つ半（午前十一時頃）という頃になって、やっと『岩木屋』の店先は落ち着きを取り戻していた。

台所の方から、十能《じゅうのう》を持った慶三がやってきて、板の間にふたつ置かれた鉄瓶《てつびん》の載った火鉢に、炭を足し始めた。

表戸の開く音がして、

「冷えるねえ」

そんな声を掛けながら、目明《めあ》かしの作造《さくぞう》が土間に入ってきた。

「親分、お当たりなさいまし」

慶三が土間に近い火鉢を勧めると、「ありがてぇ」と答えて、作造は框《かまち》に腰を掛けた。

「御用の帰りですか」

お勝が帳場から声を掛けると、

「そうなんだが、『ごんげん長屋』の表を通りかかったら、大八車に荷を積んだ貸本屋《かしほんや》の夫婦者が、大家の伝兵衛《でんべえ》さんやお琴《こと》ちゃん、長屋のおかみさんたちに見送られて行ってたからさ」

作造はそう口にしながら煙草入《たばこい》れから出した煙管《きせる》に煙草の葉を詰めた。

「与之吉《よのきち》さんとお志麻《しま》さんが、神田《かんだ》の方に家移《やうつ》りすることになってたんですよ」

お勝が答えると、

「あぁ、例の『天王寺屋《てんのうじや》』が用意したっていう家作《かさく》だね」

煙草に火を点《つ》けた作造は、大きく頷《うなず》くと、煙草を喫《の》んだ。

『ごんげん長屋』の住人の与之吉と銭両替《ぜにりょうがえ》の『天王寺屋』との関わりは、先月まで遡《さかのぼ》る。

返却された貸本の瑕疵《かし》を調べていた与之吉が、本の中のとあるところに『たすけて』と記された個所《かしょ》を見つけて不審を抱いたことが、ことの発端《ほったん》だった。

その本が、『天王寺屋』の住み込み女中に貸していた物だと調べた与之吉が、『たすけて』と書いたわけを聞きに行くと、女中たちは皆、知らないと返事をした。

ところが、『天王寺屋』の若い女中が外出のついでに与之吉を訪ねてきて、たまたま応対したお琴が、その女中をお勝に会わせたのだ。

本の中に『たすけて』と書いたのは自分だと打ち明けた女中は、以前住み込み奉公をしていた商家から大金が奪われる押し込みがあったことを話し出した。

そんな災難の起きた直後、住み込み女中の一人が姿をくらましたことから、その女が中から戸を開けて、外で待つ仲間の盗賊を引き入れたものだと、役人が断定したという。

そのとき姿をくらました女中が、口入《くちい》れ屋《や》の斡旋《あっせん》で『天王寺屋』に住み込んでいることを知ったのである。

『たすけて』と書き込んだのが自分だと知れるとまずいので、『天王寺屋』を訪ねた与之吉には名乗り出なかったが、使いに出されたついでに会いに来たのだと、おりょうというその若い女中がお勝に明かした。

その後、奉行所の役人の画策《かくさく》と与之吉夫婦らの働きで、『天王寺屋』の金蔵《かねぐら》を狙った押し込みの盗賊どもが一網打尽《いちもうだじん》になったのである。

本に記された『たすけて』の一文に気を留めた与之吉の働きに恩義を感じた『天王寺屋』の主《あるじ》が、小店《こみせ》を持つのが夢だと口にした与之吉夫婦のために、家作の小さな一軒を格安の賃料で貸してくれることになっていたのだ。

家移りは師走になってからとのことだったが、先の借り主が予定より早く出ることになったので、今月の転宅に早まったのだった。

お勝は今朝、仕事に出掛ける前、荷作りをしていた与之吉とお志麻に声を掛けてから『岩木屋』へと向かったのである。

「たまにはこっちにも顔を出しますよ」

与之吉とお志麻はそう言っていたが、二人が住まう神田多町《かんだたちょう》から根津まではさしたる道のりではないから、今後も交《まじ》わりは続くに違いなかった。

『岩木屋』に立ち寄っていた作造は、慶三が運んできた茶を飲み、顔を出した主の吉之助《きちのすけ》と、最近起きた質屋に関する変事を話題にすると、

「邪魔をしたね」

一言告げて店から出ていった。

作造と吉之助が口をつけた湯呑《ゆのみ》を片付けると、

「店子《たなこ》が出たということは、『ごんげん長屋』は空き家がふたつになったということですね」

帳場のお勝は、慶三からそんな問いかけをされた。

「そうなんだよ。大家の伝兵衛さんは、貸家ありの貼り紙を表に貼り出してはいるけど、慶三さんどうだろ、誰かこれというお人に心当たりはないかねぇ」

「この前まで近所に空き家を探してるのがいたんですけどねぇ。十日前、下谷同《したやどう》朋町《ぼうまち》に引っ越しました」

「そこなら要助さんが修繕の店を構えてる近くじゃないか」

お勝が口にした要助というのは、『岩木屋』で修繕を担《にな》っている奉公人である。

「あ、そうでしたね」

そう返事をすると、慶三は火鉢の傍《そば》で紙縒《こよ》りを縒《よ》り始めた。

「でもまぁ番頭さん、『ごんげん長屋』の家主は料理屋『喜多村《きたむら》』さんでもあるし、あくせく店子を探さなくても懐《ふところ》が痛むことはないでしょう」

吉之助が口にした『喜多村』というのは、根津権現門前町《ねづごんげんもんぜんちょう》からほど近い谷中《やなか》善光寺前町《ぜんこうじまえまち》にある料理屋のことである。

『喜多村』の隠居した先代の主が惣右衛門《そうえもん》という『ごんげん長屋』の家主であり、お勝とも誼《よしみ》のある人物だった。

「そうそう。番頭さんが子供たちを連れて亀井町《かめいちょう》に行くのは、たしか明日だったね」

「さようで」

お勝は筆を持つ手を止めて、吉之助に答えた。

「なんですか、その亀井町というのは」

紙縒りを縒りながら、慶三が間の抜けた声を出した。

「日本橋の亀井町にわたしの幼馴染《おさななじ》みがいるんだよ」

「ほら、番頭さんの生まれは同じ日本橋の馬喰町《ばくろちょう》だから、亀井町はすぐ隣ってことさ」

「なぁるほど」

得心《とくしん》がいった慶三は大きく頷いた。

お勝の幼馴染みは近藤沙月《こんどうさつき》といい、香取神道流《かとりしんとうりゆう》の剣術を指南する近藤道場の一人娘だったが、師範《しはん》の父親亡きあとは、婿《むこ》に迎えていた門人《もんじん》の筒美勇五郎《つつみゆうごろう》が道場を引き継《つ》いでいたのである。

前に亀井町の道場に立ち寄ったとき、いつかお勝の子供たちを泊まりがけでよこしなさいという沙月の誘いを受けることにし、何かと忙しくなる師走の前に、さっそく実現することになったのだ。

「それで、亀井町には明日からどのくらい行くんです」

「子供たちは二晩泊まるけど、わたしは明日一晩だけで、明後日《あさって》にはここの帳場に座らせてもらいますよ」

慶三の問いかけにお勝が返答すると、

「なんなら番頭さんも、お琴ちゃんたちと二晩泊まってくればいいじゃありませんか」

吉之助から真顔で勧められた。

「とんでもない。この時季、そんな悠長《ゆうちよう》なことはできませんよ」

お勝は笑って、片手を左右に打ち振った。

翌二十日の午後、お勝は、それぞれ風呂敷包《ふろしきづつ》みを手にしているお琴、幸助《こうすけ》、お妙《たえ》の三人の子供たちと、神田川《かんだがわ》の北岸を東へと向かっていた。

この日、朝から仕事に出たお勝は、九つ（正午頃）の鐘《かね》が鳴ると『岩木屋』をあとにして、一旦『ごんげん長屋』に戻ると、待っていた三人の子供たちを連れて日本橋亀井町に向かったのである。

幸助とお妙が通う瑞松院《ずいしょういん》の手跡指南所《しゅせきしなんじょ》を三日間休むことは、『ごんげん長屋』に住む師匠の沢木栄五郎《さわきえいごろう》に、何日か前に伝えてあった。

お琴ら三人の子供たちが近藤道場に行くのは初めてではないが、久方ぶりに亀井町に向かう道筋はやはり新鮮に映《うつ》るのか、きょろきょろと辺りを見て、眼を輝かしている。

神田川に架《か》かる和泉橋《いずみばし》を渡り、柳原通《やなぎはらどお》りを少し東に進んだところで南へと延びる道に入る。

その道を南へ進むと大門通《おおもんどお》りと呼ばれる通りに通じるのだが、神田堀《かんだぼり》に架かる甚兵衛橋《じんべえばし》を渡った先の三叉路《さんさろ》で、三人の子供を従えたお勝は左に折れた。

左に折れた道の両側が、日本橋亀井町である。

「ここだよ。わたし覚えてる」

嬉しげに声を上げたお琴は、

「幸ちゃん、お妙、この塀《へい》の左側が沙月おばさんの家だよ」

二人に、武者窓《むしゃまど》が三つ設《しつら》えられている建物を指さした。

お琴が口にした通り、武者窓のある平屋の建物は近藤家の剣術道場である。

道場の建物を過ぎたところに扉のない冠木門《かぶきもん》があり、お勝ら四人はそこを潜《くぐ》ると、道場と棟続《むねつづ》きになっている住居の建物の出入り口の表に並ぶ。

「こんにちは」

お勝が声を上げると、子供たちもあとに続いて声を上げた。

待つほどのこともなく、中からいきなり戸が開かれ、

「根津からならそろそろだと思って待ってたの」

十三になる沙月の娘、おあきが三和土《たたき》から笑顔を見せた。

すると、やや緊張していたお琴ら三人の顔にも笑みが浮かぶ。

「お勝ちゃんたち、そこに立ってないでお入りなさいよ」

三和土の上がり口に姿を現した沙月が外に向かって手招いた。

お勝は、先に子供たちを入れてから、三和土に足を踏み入れる。

「お邪魔しますよ」

「お、来たな」

そう言いながら現れて沙月と並んで立ったのは、袴《はかま》と稽古着姿《けいこぎすがた》の勇五郎で、傍には長男の虎太郎《こたろう》が従っていた。

「勇五郎さん、お言葉に甘えてご厄介《やっかい》になります」

お勝が頭を下げると、

「よろしくお願いします」

お琴ら三人は、昨夜教えた通りの挨拶《あいさつ》をした。

「わたしと虎太郎は、これから午後の稽古がありますから、お琴ちゃんたちは奥でゆっくりしていなさい」

「はい」

お琴たちが返事をすると、勇五郎は笑みを見せ、虎太郎とともに道場の方へ通じる廊下へ向かった。

今年四十二になる勇五郎は、『ごんげん長屋』の沢木栄五郎に似て上背《うわぜい》があり、筋骨逞《きんこつたくま》しい肩と背中を揺らすこともなく、背中に一本、筋金《すじがね》でも入ったように堂々と歩き去った。

「ささ、みんな上がって上がって」

沙月が声を掛けると、

「お琴ちゃんたち、こっちよ」

おあきからも声が上がり、三和土に立っていた子供たち四人は、急ぎ履物を脱いで框に上がっていく。

「お勝ちゃんも」

「うん」

笑顔で三和土を上がると、お勝は沙月に続いて廊下を進み、八畳ほどの居間に入る。

日を浴びて白く輝く障子は細く開かれて、おあきとお琴たち四人は縁に並んで、日の射《さ》す庭を眺《なが》めていた。

お勝は、湯気を立ち上らせている鉄瓶の載った長火鉢《ながひばち》を挟んで、沙月と向かい合うように膝《ひざ》を揃《そろ》えた。

「お琴ちゃんたち、寒くはないの」

沙月から声が掛かると、

「寒くありません」

幸助から少し背伸びしたような返事があった。

「でも、おっ母さんたちが寒いと悪いから、閉めよう」

「はい」

お妙が明るい声でお琴に答えた。

子供たちは居間に入って障子を閉めると、火鉢の周りの空いたところに座り込む。

「おっ母さんに聞いてるけど、夕餉《ゆうげ》はいつもお琴ちゃんの仕事だそうね」

土瓶《どびん》に鉄瓶の湯を注ぎながら茶を淹《い》れている沙月が問いかけると、

「あたしもときどき手伝います」

お妙が即座に声を発した。

「それは感心なこと」

沙月が手を止めてお妙を見ると、

「ときどきですから」

横から幸助が口を挟む。

「ときどきでも、わたしは助かるんだから」

お琴が窘《たしな》めると、幸助は小さく口を尖《とが》らせた。

「だけど今日の夕餉は、わたしとお勝ちゃんがこしらえるから、お琴ちゃんたちはのんびりしてていいんですよ」

沙月が微笑《ほほえ》みながら口にすると、

「だったらみんなで、この近くを歩いてみない？」

おあきからそんな申し出が飛び出した。

「歩くと、何があるんですか」

「少し向こうの小伝馬町《こでんまちょう》には牢屋敷《ろうやしき》があるし、大門通りを南へ行くと、堺町、葺屋町には芝居小屋なんかがあって、賑《にぎ》わってるのよ。それに、うちの近くの浜《はま》町堀《ちょうぼり》を渡ったら、お勝おばさんが生まれた馬喰町もあるし」

おあきが、尋ねたお妙に答えると、

「行きたぁい」

間髪《かんはつ》を容《い》れず、お妙が声を上げた。だが、幸助は興味を示す様子もなく、

「おれは、道場で剣術の稽古を見ることにする」

そう宣言した。

二

亀井町の近藤家の台所は、竈《かまど》の煙が天井へと立ち上っていた。口が四つある竈のひとつには湯釜《ゆがま》がかかっていて、ゆらゆらと湯気が洩《も》れ出ている。

その隣の焚《た》き口《ぐち》に膝を折った沙月が、火種《ひだね》の粗朶《そだ》をくべて火熾《ひおこ》しをしており、すぐ近くの流しでは、襷掛《たすきが》けをしたお勝が米を研《と》いでいた。

米を研ぐお勝の耳に、打ち合う竹刀《しない》の音や気合いの声が、微《かす》かに届いている。

八つ（午後二時頃）に始まった午後の剣術の稽古は七つ（午後四時頃）までだと聞いていたから、間もなく終わる刻限だろう。

米を研ぎ終えたお勝が、水を張った釜を沙月が火を熾そうとしている竈の隣に置くと、

「炊《た》き始めていいのかい」

沙月にお伺《うかが》いを立てた。

すると、

「あんまり早く炊き上がるとなんだから、ご飯は七つの鐘が鳴り出してから炊き

始めようよ」

沙月からはそんな返事があった。

「わかったけど、今、火を熾してるのは何よ」

「いつでも味噌汁《みそしる》を作れるように、鍋《なべ》をかけて出汁《だし》を取っておこうと思って」

竈の前にしゃがんでいる沙月がそう言うと、火勢《かせい》の上がらない粗朶に息を吹きつける。

「なるほど。あんたも大分手際がよくなったようだね」

お勝が感心した途端、沙月が火熾ししていた薪《まき》が、ボッと音を立てて炎を上げた。

「よし」

一言口にして腰を上げた沙月は、流しの端に置いていた水を張った鍋を、火熾しをしたばかりの竈に載せた。

「『魚金《うおきん》』から参りましたぁ」

年の行った女の声がして、表に通じている台所の板戸が開かれた。

「あら、おしんさんが届けてくれたの？」

沙月におしんさんと呼ばれた襷掛けに前掛け姿の老婆が、大きめの竹籠《たけかご》を抱えて台所に足を踏み入れた。

「金助《きんすけ》が他の家で魚をさばかなきゃならないって言うから、あたしにお鉢《はち》が回ってきたんですよ」

明るく返事しながら、おしんは竹籠を流しに置くと竹で編《あ》んだ蓋《ふた》を外して、籠の中を指さした。

「見事な魚じゃないの」

沙月はお勝と並んで籠の中を覗《のぞ》くと、声を上げた。

「八人分の魚っていうことでしたから、見繕《みつくろ》って持ってきましたよ。伊佐木《いさき》と鰯《いわし》と鮴《めばる》」

おしんはそう言うと、沙月とお勝を見てニッと笑い、

「今日は道場の若い衆たちとの会食か何かですか」

と、沙月に尋ねた。

「わたしの古い友達が、子供を連れてきてるのよ」

沙月はそう言うとお勝に眼を向けて、

「こちらは、通塩町《とおりしおちょう》の『魚金』の三代目のおっ母さんでね。道場の門人たちとの稽古始めとか納会のときなんか、料理作りの手伝いに来てくれて助かってるの

よ。魚の煮付けをこしらえさせたら、その辺の料理屋も顔負けなくらい美味《おい》しいんだから」

と、我がことのように自慢した。すると、

「なんなら奥様、この魚、あたしが料理して差し上げましょうかね」

おしんが、なんの気負いもなく口を開いた。

「いいの？」

沙月が問いかけると、

「えぇもう、あたしゃ家に帰ったって、なんにもすることはありませんから」

言うが早いか、襷掛けの紐《ひも》を摑《つか》んで、その締め具合を確かめた。

「あぁ、来てたね」

開けたままになっていた板戸から顔を突き入れたのは、馬喰町界隈《かいわい》で御用の筋の勤めをしている銀平《ぎんぺい》という、お勝のもう一人の幼馴染みである。

「なんだいお前、あたしが道場に来るのを知ってた口ぶりじゃないか」

おしんが銀平に不審をぶつけると、

「おれが言ったのは、こちらにだよぉ」

銀平がお勝の方に顔を向ける。

「そりゃすみませんでしたねぇ。銀平とうちの倅《せがれ》は、洟垂《はなた》れ小僧の時分から馬鹿ばっかりしてた間柄でして」

両手を胸の前でこすり合わせたおしんは、笑みを浮かべてお勝に小さく会釈《えしゃく》をした。

「あれ、婆ちゃん、沙月さんの横にいる人が誰か、わかってないのかい」

銀平に問われたおしんは、お勝を見てきょとんとした。

「わたしはすぐにわかりましたよ。金助さんとその姉のおすみさんのおっ母さんでしょう」

お勝が笑みを浮かべると、おしんは眼を凝《こ》らした。

「馬喰町一丁目に、『玉木屋《たまきや》』って旅人宿《りょじんやど》が」

銀平がそこまで口にしたとき、

「お勝ちゃん、かい？」

おしんが呟《つぶや》くと、お勝は大きく頷いた。

「火事で『玉木屋』も焼けたのは二十年以上も前だから、あの頃、顔を合わせて以来だねぇ」

「そうなりますね」

お勝が返答すると、うんうんとおしんは頷き、

「奥様、今日の魚の煮付けは、あたしが久しぶりに腕を振るいますよ」

自分の帯を片手で叩いた。

「だけど、どうしてあんた、わたしたちが来てること知ってたんだい」

お勝は呟くように、銀平に不審を向けた。すると、

「お勝ちゃんたちが来るのに呼ばれなかったなんて、あとで拗《す》ねられると嫌だから、わたしが誘いをかけてたのよ」

沙月から、事情が語られた。

「お勝さんが子供たち連れて泊まりがけで来るっていうのに、もし知らされなかったら、そりゃ、おれは拗ねちまうね」

そう口にした銀平は、へへへと笑い声を上げた。

日が沈んでから四半刻《しはんとき》（約三十分）後の近藤家は、夕闇に包まれている。

居間から続く八畳の座敷には四つの行灯《あんどん》が灯《とも》されており、お勝一家四人と近藤家の親子四人、それに銀平も加わった九人が、膳《ぜん》を並べて夕餉を摂《と》っていた。

夕刻、台所で腕を振るったおしんの魚の煮付けは絶品で、子供たちの食も大い

に進んだ。

「お琴ちゃんたちは、おあきとどの辺りを歩いたんだね」

隣り合った銀平と酒を注ぎ合っていた勇五郎が、笑顔で声を掛けると、

「おっ母さんが生まれた馬喰町を通って、大川端《おおかわばた》に行きました」

お妙が返事をする。

「馬喰町は、このおれも生まれたところだよ、お妙ちゃん」

「おじさん、お妙ちゃんの話の腰を折らないでよ」

おあきが窘《たしな》めると、

「あ、すまねぇ」

銀平は片手を挙げて詫《わ》び、残った盃《さかずき》の酒を飲み干す。

「お妙ちゃんは、大川を見るのは初めてだったのかい」

虎太郎に問いかけられたお妙は大きく頷くと、

「不忍池《しのばずのいけ》も広いなと思ったけど、大川の流れにはびっくりしました。だって、広い川を、いろんな船が上ったり下ったりしてるんだもの。その間を、向こう岸にまで横切っていく船もあって」

一気に話して、大きく息を継いだ。

「そのあと大川沿いを下流に向けて歩いて、途中、武家地の道に入ってから浜町堀に戻って、堺町と葺屋町を通り抜けてから人形町通り《にんぎようちようどお》に戻って帰ってきたのよね」

おあきに話を振られたお琴とお妙は大きく頷き、

「おっ母さんあのね、堺町と葺屋町っていうのは芝居小屋がある町なんだよ。芝居の看板も、役者の看板も小屋に掛かっているし、小屋の表で客を呼び込む木戸《きど》芸者《げいしや》っていわれてるおじさんの声色《こわいろ》も聞けて、賑やかだった」

お琴は堰《せき》を切ったように町の光景を口にした。

すると、

「ふふふ」

と、お妙が含み笑いを洩らした。

「なんだよ」

幸助が見咎《みとが》めると、

「芝居町で、蒸《む》し饅頭《まんじゆう》を食べた」

お妙が答え、釣られたようにお琴とおあきも顔を見合わせ、

「ふふふ」

娘三人が含み笑いをした。

「お琴ちゃんもお妙ちゃんも、芝居町に行くのは初めてだったかねぇ」

首を傾《かし》げた沙月が口にすると、

「そう。以前こっちに来たときは、遠くまでは歩かなかったはずだよ」

お勝は思い出したように口にした。

「以前来たときは、芝居町には怪《あや》しげな輩《やから》がいるから用心しなきゃならないなんて、銀平さんが止めたんだよ」

虎太郎がそう言うと、

「だからわたしたち、今日は、明るいときに足を延ばしたの」

おあきが、どうだと言わんばかりに背筋を伸ばして一同を見回す。

「そうか。娘たち三人で芝居町辺りにまで足を延ばせるようになったってことは、少し大人になったということなのかねぇ」

手酌《てじゃく》しながら銀平が呟くと、娘三人はまたしても顔を見合わせて、「ふふふ」と含み笑いをした。

「幸坊は、剣術の稽古を見てどうだったのかな」

「木剣《ぼっけん》のぶつかる音にびっくりしました」

幸助は、勇五郎の問いかけに、思わず姿勢を正して返事をした。

「虎太郎さんの稽古にもびっくりしました。恐ろしい気合いや、足の動きの速さや、木剣を振ったときなんかも、ぴゅっと音がして」

「風を切る音だよ」

銀平が口を挟むと、幸助は大きく頷いた。

「どうだ幸坊、明日、道場で木剣を振ってみないか」

勇五郎から声が掛かると、幸助は眼と口を大きく開けて、体を強張《こわば》らせてしまった。

枕行灯《まくらあんどん》の薄明かりが灯っている四畳半の客間に、庭木の葉を鳴らす風の音が微かに届いている。

大人数の夕餉が終わったのが六つ半（午後七時頃）を少し過ぎた時分で、勇五郎と酒を酌《く》み交《か》わしていた銀平が帰っていったのは、それから四半刻ほどあとだった。

子供たちと勇五郎が床に就《つ》いたのは五つ（午後八時頃）過ぎで、お勝と沙月は居間の長火鉢に着いてのんびりと酒を飲みながら近況を話してから、それぞれの寝間に引き揚《あ》げた。

　刻限は五つ半（午後九時頃）を少し過ぎた時分だろう。

　お琴とお妙は、おあきの部屋に誘われて、布団を並べて寝ることになった。

　少しうとうととしかけたお勝が、行灯の火を消そうと体を動かすと、天井に向けた顔をゆっくりと動かしていた幸助と目が合った。

「寝られないのかい」

　声を掛けると、即座に、

「おっ母さん」

　幸助から呼びかけられた。

「なんだい」

「この家は、広いね」

「そりゃそうだ。剣術の道場を開いていると、人の出入りもあるしお客様も多くおいでになるからね」

「足を出しても、手を横に伸ばしても、誰ともぶつからないのが気に入った。いつもはお妙にぶつかるから、怒られるんだけど、今夜はほら」

　幸助はそう言うと、布団から手足を出してみせる。

「夜中そんなことしたら、風邪《かぜ》をひくよ」

お勝の声に、幸助は急ぎ手足を布団の中に引っ込めた。

「明かりを消すよ」

そう言うと、布団から体を伸ばしたお勝は、枕行灯の火を消した。

「広い家に住んでみたいね」

幸助が小声を洩らした。

「そうだけどさ」

お勝が煮え切らない物言いをすると、

「なんだい」

幸助から不審の声が上がった。

「『ごんげん長屋』より広いところというと、一軒家しかないね。それも、二間はある平屋じゃないとさ。となると、店賃《たなちん》が高くなる」

静かに話したが、幸助の反応はない。

「寝たのかい」

「おっ母さん、おれは年が明けたら十二だ」

「そうだね」

「手跡指南所でおれと机を並べていた谷中《やなか》の参吉《さんきち》は、十三になるとすぐ、畳屋の見習い奉公に入ったんだ。おれも、あと一年とちょっとで十三になる。そしたら、どこかのお店《たな》の小僧になって、奉公することもできるだろう。そのときはおれの稼ぎを店賃の足しにしておくれよ」

「そりゃ助かるけど、もうしばらくは『ごんげん長屋』だよ」

お勝がそう言うと、幸助から「うん」という声が返ってきた。

見習い奉公に入ったからといって、給金などはまだ貰《もら》えない。

年に二度の藪入《やぶい》りのときに、主からわずかな銭をいただくというのが、見習い奉公の常である。

そんなことを言うのは酷だから、幸助の思いやりをお勝はありがたく受け止めた。

「幸ちゃん、明日、おっ母さんは夜明け前にここを出て『岩木屋』さんに行くから、あとのことは頼んだよ。沙月おばさんの手伝いとか」

お勝がそう囁《ささや》くと、

「うん。わかった」

幸助の口から、頼もしい返事があった。

庭木の揺れる音はいつの間にか止《や》んで、四畳半の寝間がしんと静まり返った。

三

西方に日が沈んでから、ほどなく半刻《はんとき》(約一時間)になろうとしている。

根津権現門前町の『ごんげん長屋』は、夜の帳《とばり》に包まれようとしていた。

いつも通り、七つ半(午後五時頃)に店の戸を閉めると、お勝は『岩木屋』をあとにして『ごんげん長屋』に帰ってきた。

昨日、お琴ら三人の子供と近藤道場に泊まったお勝は、日の出前に亀井町を発《た》って、その足を『岩木屋』に向けたのである。

一里(約四キロ)ほどの道のりを歩いて、店を開ける刻限より四半刻も前に根津権現社傍《そば》の『岩木屋』に着くことができたのだった。

一晩空けた『ごんげん長屋』の我が家は火の気もなく、板の間は凍るように冷えきっていた。

すぐに竈《かまど》と七輪《しちりん》に火を熾《おこ》し、竈には水を張った釜をかけ、七輪では炭を熾して板の間の火鉢に炭を置くと、水を注いだ鉄瓶を五徳《ごとく》に載せた。

火の気と湯気が満ちれば、家の中に暖気《だんき》が行き渡るはずなのだ。

『岩木屋』から帰り着くなり急ぎ行灯を灯し、火熾し水汲《みずく》みなど、一通りのことをし終えたお勝は、ふうと息をついて土間の框に腰を掛けた。

昨夜の床を敷いた近藤家の寝間は『ごんげん長屋』の我が家より狭い四畳半ながら、隣に寝たのは幸助一人だったせいか、ゆっくりと眠れて、この日は快《こころよ》く仕事ができた。

広い家がいいと口にした幸助の気持ちはよくわかる。

「開けるよぉ」

路地から聞き覚えのある声がして戸が開けられると、火消し人足《にんそく》の女房のお富《とみ》と、お勝の真向かいに住む青物売《あおものう》りのお六《ろく》が、土間に顔を差し入れた。

「竈は火が点いたばかりのようだけど、これから夕餉の支度かい」

お富が気遣《きづか》うような声を出した。

「夕餉の支度は間に合わないと思ったから、『岩木屋』の帰りに、塩屋の裏の煮《に》売《う》り屋《や》で煮しめと佃煮《つくだに》を買って、餅屋《もちや》の赤飯を買い込んできたから、あとはあったかい澄《す》まし汁《じる》でも作るつもりですよ」

「さすがお勝さんだ。抜かりはないね」

お六が笑みを浮かべた。

「もし、一人で食べるのが寂しいなら、うちで一緒にどうかと思ってね」

お富がそう言うと、

「岩造《いわぞう》さんは今夜、九番組『れ』組の集まりが池之端《いけのはた》であるから留守だっていうんで、わたしが押しかけることにしたんですよ」

「ほら、師走が近いし、暮れにかけて火の用心の算段をするという集まりらしいけど、ほんとはどうだかね」

お富は、お六に続いて誘いをかけたことの次第を述べた。

「ありがたいお誘いだけど、今夜は一人で、静かにのんびりと夕餉を摂りたい気分なんだよ」

お勝が密《ひそ》やかな声で思いを洩らすと、

「なぁるほどね」

声を潜《ひそ》めたお富は、お六と顔を見合わせて頷き合った。

眼が覚めると、土間の明かり取りから射し込む微かな月明かりが、家の中にぼんやりと広がっていた。

夕餉のあと、翌日の朝餉の支度を終えたお勝は、寝巻の上から褞袍《どてら》を羽織《はお》り、火鉢の傍で酒を飲んだのだ。

酒の肴《さかな》などはいらなかった。

根津権現門前町や根津宮永町《ねづみやながちょう》の岡場所を抱えている『ごんげん長屋』近辺は、夜遅くまで人の往来があって、四つ（午後十時頃）までは、通りを行き交《か》う下駄《げた》の音に交《ま》じって三弦《さんげん》の音が毎夜のごとく響き渡る。

そんなさんざめきを肴にして独酌《どくしゃく》をしていたのだが、いつ布団に入ったのか覚えがない。

外から届く音もなく、いま何刻《なんどき》かも見当がつかない。

遠くから、カチカチと拍子木《ひょうしぎ》を叩く音が聞こえる。

町内の誰かが、火の用心の夜廻《よまわ》りをしているに違いない。

ふと、日本橋亀井町の近藤道場で二度目の夜を迎えたお琴ら三人の子供たちが、どう過ごしているのかと思うと、ついつい眼も頭も冴《さ》えてきた。

酒の量が中途半端だったせいで目覚めたのかもしれないと思ったが、これ以上飲むと明朝の目覚めが心配になる。

暗さに慣れた眼で天井を見ていると、八年前、身寄りのないお琴を引き取って育てた頃のことが思い出される。

その後、孤児になった幸助や山門《さんもん》の下に捨て置かれたお妙を引き取ったから、独り寝など久しくなかったことになる。

だがしかし、またいずれ、こんな独り寝の夜を過ごすことになるのだ。

男の幸助がどんな仕事に就くのかはわからないが、あと一、二年したら、いずれかの店に住み込み奉公をすることになるだろう。

家のことをやってくれているお琴も、八つになったお妙も、いずれは嫁《とつ》ぐ日が来る。

そのとき、お勝は一人になるのだ。

そのことは、覚悟しておかなければなるまい。

小さなため息をつくと、お勝はそっと瞼《まぶた》を閉じた。

〜火の用心、さっさりましょう〜

夜廻りの男の透《す》き通るような声が聞こえ、やがて、カンカンと拍子木がふたつ鳴った。

昼を過ぎた『岩木屋』の中は静かであった。

この日は、朝の店開きからこの刻限まで、特段、忙しいということはなかった。

多忙を極める師走を目前にしているから、嵐の前の静けさというものなのかもしれない。

一年で一番日脚《ひあし》の短い冬至《とうじ》を過ぎてから、大川上流の木母寺《もくぼじ》や飛鳥山《あすかやま》で雪が降ったという話が耳に入ってきたが、根津権現社界隈ではまだ雪を眼にしたことはない。

お勝が『ごんげん長屋』で独り寝をした夜の翌日である。

「あれぇ、おれ、質草、どこに入れたんだ」

帳場机に着いて記帳していたお勝の耳に、独り言のような老爺《ろうや》のしわがれた声が届いた。

股引《ももひき》を穿《は》き、重ね着した上から紺《こん》の長半纏《ながばんてん》を羽織った白髪《しらが》の老爺は、

「ここは質屋だな」

ほんの少し前に土間に入ってきて、質屋であることを手代の慶三に確かめると、帯に挟んだ煙草入れに始まり、懐や袂《たもと》を探って、手拭《てぬぐ》いや巾着《きんちゃく》を出して板張りに並べていたのだ。

物言いやとろんとした目つきから、酒を飲んでいることは明白だったが、暴れる様子はないので、慶三は丁寧《ていねい》に対応していた。

「ええと、ここん中かもしれねぇ」

独り言を呟いた老爺は、汚れや染みのついた帆布《はんぷ》で作られた巾着袋のような道具入れの口を開いて、中を覗き込む。

袋の中に手を差し入れた老爺が、その中から左官《さかん》道具の鏝《こて》や柄杓《ひしゃく》などを出して板張りに置いていく様子を眼にしていたお勝は、腰を上げて慶三の近くに膝を揃えた。

「これは、左官の道具ですね」

「あぁ、そうだね」

慶三に問われたお勝は頷いた。

『ごんげん長屋』の住人の一人は左官だし、道具一式を質草にした客をこれまで何人も見てきた質屋の番頭とすれば、一目瞭然《いちもくりょうぜん》のことだった。

「お客さん、道具を質入れするおつもりですか」

お勝が静かに問いかけると、

「いや。こりゃ、おれの商売道具だ。荒塗りの鏝《こて》に、鶴首《つるくび》、柳刃《やなぎば》、鏝板《こていた》。うん、これは質には入れねぇ。おれの質草は、ええと」

顔を上げて思案した老爺は、板張りに置いていた、銭入れの巾着の紐を緩《ゆる》めると、躊躇《ためら》うことなく逆さにした。

　銭や銀が、音を立てて板張りに広がった。

「とっつぁん、一分銀《いちぶぎん》やら一朱銀《いっしゅぎん》が、三つも四つも入ってるじゃありませんか」

　慶三が口にした通り、老爺の巾着には、合わせると一両に近い額の銭と銀が入っていたのだ。

「うん。これを質に入れよう」

　老爺は、板張りに広がった銭と銀を両手でかき集める。

「お客さん、こんなに持ち合わせがあるのに、どうして質に入れなきゃならないんですよ」

　お勝がそう言うと、

「ほんとだ。おれ、なんでこんなに金あるんだい」

　手を止めた老爺は、ぽかんとした顔で首を捻《ひね》る。

　銭金を急ぎ巾着に戻して口を縛ると、お勝は老爺の懐に押し込み、

「これは大事にしまって、家へお帰りなさいよ。そこまで送りますから」

　穏やかに窘《たしな》めてから、土間に置いてある下駄に足を通した。

「それじゃ、わたしも」

板張りに出されていた左官の道具類を戻し終えた慶三も、道具袋を持って土間に下り、表の障子戸を開けた。

老爺を両脇から抱えるように支えて表に出ると、慶三は道具袋を持たせる。

「お客さん、家はどこなんです」

お勝に尋ねられた老爺は、

「ええと、遠江掛川《とおとうみかけがわ》藩、太田摂津守《おおたせっつのかみ》家の向こう方《かた》」

天を指した指を、くるりと回して北を指した。

「あ、駒込千駄木《こまごめせんだぎ》ですよ」

慶三の呟きに、お勝は頷く。

「そいじゃ、方々《かたがた》、見送りご苦労」

そんな言葉を残した老爺は、根津権現社の方へと足を向けた。

「妙な人を見かけるのは、暮れが近いせいですかねぇ」

老爺の相手で凝《こ》ったのか、慶三は首を回しながら店の中へ入り、そのあとにお勝も続いた。

土間に足を踏み入れてすぐ、お勝が閉めた障子戸がすっと開けられ、

「ちわっ」

声とともに土間に入り込んだのは、馬喰町の銀平だった。

「あ。今だったのかい」

「子供たちは『ごんげん長屋』に送り届けたとこだよ」

銀平は、お勝にそう返答した。

「ま、お掛けよ」

銀平を促《うなが》すと、お勝は土間を上がって膝を揃える。

「茶でも持ってきましょうか」

慶三が気を利《き》かせて立ちかける。

「慶三さん、おれのことなら気にしないでもらいてぇ」

銀平は、顔見知りの慶三に向かって片手を左右に打ち振ってみせた。

すると慶三は頷いて座ると、紙縒《こよ》りを縒《よ》り始める。

銀平がこの日、子供たちを『ごんげん長屋』に送り届けるということは、一昨日《おととい》、近藤家での夕餉のときに決まったことだった。

「だけどお琴ちゃんたちは、もう少し居続けたかったようだね」

銀平がお勝に笑みを向けると、

「しばらくぶりだったのに、沙月のお子たちとすぐに馴染《なじ》んでしまったからねぇ」

夕餉のときの子供たちのやりとりを思い出して、お勝も顔を綻《ほころ》ばせた。

「こっちに来る道々、子供たちの話を聞いたんだが、もっと頻繁《ひんぱん》におあきさんや虎太郎さんと会いたいらしいよ。幸助なんか、道場の若い門人と打ち合いをしたと言って胸を張ってやがったし、剣術の手ほどきをしてくれた旗本のご子息もいたそうだ」

そう言って、銀平は左足を右足の膝に載せる。

「旗本って――」

お勝が、思わず声を洩らした。

「虎太郎さんに聞いたところ、おれも何度か見かけたことのあるお人だったよ。ええとね、書院番頭《しょいんばんがしら》の建部《たてべ》家の跡継《あとつ》ぎだそうで、たしか、建部源六郎《げんろくろう》様」

銀平の話の途中から、お勝はすでに息を呑《の》んでいた。

「牛込御門《うしごめごもん》のお屋敷にお戻りらしく、少し遠回りだがと仰《おっしゃ》って『ごんげん長屋』の表まで付き合ってくだすったんだよ」

長屋にまで――声を出しそうになったが、お勝は口を開けたままで、言葉にはならなかった。

源六郎というのは、お勝が産んだ子である。

十六から建部家に女中奉公していたお勝は、十九の年に、当主である建部左《さ》京亮《きょうのすけ》の手がついて、翌年男児を産んだのだ。

建部家にとっては待ち望んだ後嗣《こうし》だったが、側室でもなく、ただの奉公人が産んだということで、お勝は正室などから疎《うと》まれてしまった。

そのあげく、生まれた男児は正室の子として育てられることになり、お勝は乳飲み子だった我が子と引き裂かれて、屋敷を追われたのである。

幼名を市之助《いちのすけ》といった源六郎が、正室の子として成長していたことは、一年ほど前に、建部家の用人《ようにん》、崎山喜左衛門《さきやまきざえもん》からもたらされていた。

「で、その、建部様は」

「『ごんげん長屋』に入る道の表で別れた。表通りで」

銀平の返答にほっとして、お勝は小さく頷いた。

「ほら、不忍池の畔《ほとり》から無縁坂《むえんざか》を上がって、本郷《ほんごう》に抜ける道を行くとお言いだったよ」

「あぁ。本郷から御弓町《おゆみちょう》の坂を下れば、水道橋《すいどうばし》に出られるからね」

お勝はつい、水道橋から牛込御門への道筋を頭に思い浮かべた。

日の暮れた『ごんげん長屋』の路地に、家々の明かりが洩れ出ていた。

二軒の空き家と、左官の庄次《しょうじ》と十八五文《とおはちごもん》の鶴太郎《つるたろう》の家は暗い。

独り者の二人は、おそらく、仕事帰りに飯屋か居酒屋で腹を満たしてから家に戻るに違いない。

七つ半（午後五時頃）に仕事を終えたお勝は、この日亀井町から帰った子供たちの待つ『ごんげん長屋』へ、急ぎ帰り着いた。

「帰ったよ」

声を掛けて戸口の腰高障子《こしだかしょうじ》を開けると、

「お帰りっ」

流しから板の間へと、料理の皿などを運ぶお琴や幸助、お妙たちから明るい声が返ってきた。

板の間には、いつも通り箱膳《はこぜん》四つが向かい合わせにふたつずつ並べられ、その上にはこんにゃくと椎茸《しいたけ》の煮付け、焼いた鯵《あじ》の開きが載っており、お妙と幸助が蕪《かぶらじる》汁の椀《わん》を膳に置く。

お琴が、お櫃《ひつ》に移した湯気の立つ飯を茶碗に盛り、四つの箱膳に載せた。

「おっ母さん、早く座っておくれよ。腹減ってるんだから」

「はいはい」

お勝は、急《せ》かした幸助の隣に着くと、

「それじゃ、いただきます」

と手を合わせた。

「いただきます」

子供たちは声を揃えると、一斉に箸《はし》を動かす。

食べ始めて少し経《た》った頃、

「ね、おっ母さん」

お妙から声が掛かった。

「なんだい」

何気なく答えてから向かいのお妙を見て、お勝はふと、箸を持つ手を止めた。

「昨夜、一人で寂しくなかった？」

そう問いかけたお妙の顔には、お勝の心中を推《お》し量《はか》るような様子が窺《うかが》えた。

「そうだねぇ。夜中、眼を覚ましたときは、誰もいないから、ちょっと寂しかったよ」

お勝が笑顔で返答すると、

「やっぱりね」

笑った幸助に釣られて、お琴とお妙からも、「ふふふ」と、安堵《あんど》したような笑い声がこぼれ出た。

「お前たちは、昨夜は三人で寝たのかい」

「わたしとお妙は、やっぱりおあきさんの部屋で寝たよ」

お琴が答えると、

「おれは、虎太郎さんの部屋で寝た。いや、おれは一人で寝るつもりだったけど、虎太郎さんが剣術について話をしてやると言うからさぁ」

幸助はまるで、参ったと言わんばかりの物言いをして飯を頬張《ほおば》った。

「幸ちゃんはね、ゆくゆくは剣術を身につけるって言ってるよ」

「へぇ。本当かい」

お勝が、お妙の口から出た言葉に驚きの声を上げると、いきなり幸助はすっと立ち上がって、積み上げられた夜具《やぐ》に立てかけていた脇差《わきざし》ほどの長さの木剣を手にしてみせ、

「おれは明日から、虎太郎さんから貰った木剣を振ることにしたんだ」

そう言うと、上段に振り上げた木剣をゆっくりと振り下ろした。

「まさか、亀井町に稽古に通うつもりかい？」

お勝が尋ねると、

「違うよ、素振りに励《はげ》むんだよ。素振りにもいろいろあってね、そのやり方は、今日の朝稽古のとき、門人の建部源六郎様に教えてもらったから、一人で鍛錬《たんれん》するんだ」

幸助は木剣を体の脇に置いて膳に戻ると、猛然《もうぜん》と箸を動かす。

その様子を、お勝は声もなく見ていた。

「その建部様が、いつか牛込のお屋敷に招いてやると言ってくださったんだよ。行っていいよね」

幸助に問われて、一瞬言葉に詰まったお勝は、

「だけど、なんだってそんな話になったのかねぇ」

困惑した声を洩らした。

「あのね、おれがね、大名屋敷や武家屋敷は根津にもいっぱいあるけど、塀の中を見たことないって言ったんだよ。長屋に住んでる植木屋の辰之助《たつのすけ》さんや、こないだまで住んでた貸本屋の与之吉さんという人は、武家屋敷にも出入りしていたから、話をしてくれたことはあったって言ったんだ。お屋敷は広いから、畑や林

や馬小屋まであるって。けど、おれは見たことないから、どんなものかなと、そう聞いたら、見に来るかと言われて、その――」

幸助は、お勝にじっと見られていると気づいて、声を細めてしまった。

「それで、その旗本の建部様のことを、沙月おばさんは何か言っていたかい？」

お勝はさりげなく尋ねた。

「別に何も。ね」

そう口にした幸助に話を振られたお琴とお妙は、「うん」と迷いなく頷いた。

「そう」

お勝は小さく声を洩らしたが、心中で胸を撫《な》で下ろした。

お勝は以前、若い頃建部家に奉公に上がっていたことは、誰にも言ってくれるなと頼んでいた。

そのことを、沙月は忘れていないことが、ありがたかった。

四

朝餉を摂り終えたお勝は、着替えを済ませて家を出た。

二棟《むね》の棟割《むねわり》長屋に挟まれた路地は薄暗いが、井戸の辺りには朝日が射している。

「おはよう」

お勝が、井戸端《いどばた》で茶碗などを洗っているお啓《けい》やお富たちに声を掛けると、「おはよう」の声とともに、「今からかい」とも声が続く。

子供たちが、近藤家のある亀井町から帰ってきて三日が経った朝である。

「それじゃ」

声を掛けて行こうとしたお勝の耳に、

「えいっ、えいっ」

大家の伝兵衛の家の方から、甲高《かんだか》い幸助の声が届き、足を止めた。

「昨日の朝から、稲荷《いなり》の祠《ほこら》の前で幸坊が木剣を振ってるんだよ」

彦次郎《ひこじろう》の言葉に、

「あぁ、やっぱりやってますか」

お勝の口からは、安堵と心配が混じったような声が出た。

安堵の声は、木剣を素振りして稽古に励むと言ったことを実践したことに対するもので、心配の声は、剣術の稽古を続けると、そのうち近藤道場に通う源六郎との関わりを強めてしまうのではないかとの恐れからだ。

お勝は井戸端を離れて、伝兵衛の家の方へと足を向けた。

すると、

「えいっ、えいっ、とうっ」

幸助の声がしたのは、伝兵衛の家の脇にある稲荷の祠に通じる小道の奥だった。

祠の方に体を向け、声を発して木剣を振るたびに白い息を吐いている。

八双《はっそう》の構えから、斜めに振り上げたとき、

「あっ」

幸助が、近づいたお勝に気づいて体を回した。

「幸助お前、何も隠れて木剣を振ることないじゃないか」

お勝が笑みを見せて言うと、

「そうだけど」

幸助は、照れ笑いを浮かべた。

「おや、今朝の稽古はもうおしまいかな」

そんな声を掛けたのは、小道の入り口に現れた伝兵衛である。

「伝兵衛さん、朝からうるさくしてすみませんね」

お勝が頭を下げると、

「なぁに、わたしはいつも暗いうちに起きてるから、どうということはありませんよ。それよりも、幸坊がこうやって逞しくなっていく姿を見るのが楽しみだよ」

伝兵衛は、木剣を手に立っている幸助を見て目尻を下げた。


『岩木屋』の仕事を終えて『ごんげん長屋』に帰ってきたお勝は、

「郷《ごう》に入《い》っては郷に随《したが》い、俗《ぞく》に入っては俗に随い」

幸助の大声が、明かりのこぼれている路地に響き渡っているのに気がついた。

訝《いぶか》るように我が家の戸を引き開けると、

「お帰り」

箱膳を並べているお妙と流しに立って鍋を温めているお琴から、相次いで声が掛かった。

「なんか、表に幸助の声がしてたけど」

「あぁ。沢木先生のところに行ってるの」

鍋を火から下ろしたお琴がそう言うと、

「おっ母さん、幸ちゃんに夕餉だって言ってきて」

お妙から指示されるまま路地へ出て、奥へと進んだお勝は、

「人として礼無《れいな》きは、衆中《しゅうちゅう》また過《あやま》ち有《あ》り」

栄五郎の家の中から聞こえる幸助の声に、思わず足を止めた。

「勝ですが」

遠慮ぎみに声を掛けると、

「どうぞ」

栄五郎からの声を聞き、お勝は戸を開けて土間に足を踏み入れる。

板張りには、書物を置いた文机《ふづくえ》を間に、栄五郎と幸助が向き合っていた。

「いったい、何ごとですか」

思いもしない光景に、お勝は呟きのような声を洩らした。

「昨日辺りから、幸助がもっと勉学に励みたいと言うものですから」

「あ。それでお経《きょう》ですか」

「いえ、お勝さん。今、幸助が読んでいるのは、『童子教《どうじきょう》』という古来《こらい》我が国にある書物でして、この先世に出る子供たちが身につけなければならない事柄が認《したた》められているんですよ」

「なるほど、子供のね」

そう答えはしたが、栄五郎の言っていることがよくわからず、お勝は曖昧《あいまい》に頷いた。

「しかしお勝さん、幸助がこのように勉学への意欲を見せたのはなんとも嬉しいかぎりです」

「ありがとうございます」

少し畏《かしこ》まった幸助が、栄五郎に頭を下げた。

「あ、そうだ。幸助は先々、剣術を覚えて武士になりたいとも言ってますが、お勝さんは聞いておいでですかな」

「いえ、初耳です」

お勝が眼を丸くすると、幸助は首をすくめるようにして小さく頷く。

「だけど先生、町人が武家になんて、そう簡単になれるわけありませんでしょう」

「そりゃ、なりたいと言ってなれるものじゃありません。しかし、武家の養子になったりすれば、手立てがないわけじゃありません」

栄五郎が言ったことは、武家奉公をしたことのあるお勝には、理解できないことではなかった。

「武家になれるかどうかはともかく、剣術をものにしたい、書物を読みたいという心構えは、よいことだと思いますよ」

「はぁ」

曖昧な声を洩らしたお勝は、「そろそろ夕餉だから」と幸助に声を掛けて路地へ出た。

「虎は死して皮を留《とど》め、人は死して名を残す」

朗々《ろうろう》たる幸助の声が、我が家に向かうお勝の背中にぶつかった。

葉の落ちた高木《こうぼく》が聳《そび》える善光寺坂《ぜんこうじざか》をお勝がゆっくりと上っている。

栄五郎の家で『童子教』の素読《そどく》をしている幸助を見てから二日が経った、十一月二十七日の午後である。

質草の請け出し期限間近の顧客から、相談があると持ちかけられ、『ごんげん長屋』からほど近い谷中片町《やなかかたまち》の飛び地にある御家人の屋敷に出向く用事が出来たのだ。

手代の慶三にまかせてもよい用件ではあったが、お勝にはもうひとつ行くところがあったことから、帳場を主《あるじ》の吉之助に託して『岩木屋』を出たのである。

請け出しの期限を延ばしてもらいたいという御家人の用件はあっという間に済ませ、お勝は谷中善光寺前町の料理屋『喜多村』へと坂道を上っていた。

ほどなく、八つ（午後二時頃）という刻限だから、『喜多村』には、旗本建部家の用人を務《つと》める崎山喜左衛門が来ているはずである。

建部家の当主である左京亮の子を生《な》したあと、屋敷を追われたお勝は、旗本屋敷で奉公をしていたという経歴が買われ、商家の子女の躾役《しつけやく》や養育役としての仕事を得ていた。

『喜多村』との関わりも、当時の主だった惣右衛門の二人の孫の養育役として雇われたのが交わりのきっかけとなった。

二十三のときから三年間務めたあとは、根津権現社傍《そば》の『岩木屋』の奥向きに、女中として入った。

ところが表の仕事を手伝っているうちに、質舗での客あしらいがいいとの評判が立ったばかりか、道具類や刀剣、軸《じく》を見る眼があるとも知れ、数年後には番頭に取り立てられたのである。

建部家の崎山喜左衛門が、偶然にも料理屋『喜多村』の常連となり、惣右衛門とも誼《よしみ》を通じていると知ったのは、つい一年前のことである。

お勝がこの日、喜左衛門との話し合いの場を『喜多村』にしたのは、建部家に関する話が他に洩れないための用心だった。

『喜多村』を娘の婿に託して隠居した惣右衛門は、お勝が建部家に奉公していたことを喜左衛門から聞いて知っていたが、後嗣の源六郎の生みの母ということは今日まで固く秘《ひ》している。

「ごめんなさいよ。『ごんげん長屋』の勝ですが」

お勝が、勝手口で声を掛けた。

昼に一旦店を開けたあと、夕刻に再び店を開けるまで、板場の仕込みを兼ねて一刻（約二時間）ほどの中休みがあるので、店の中は静かである。

勝手口の戸がカラリと開いて、

「あら、お勝さん、お久しぶりですね」

襷掛けをした女中頭《じよちゆうがしら》のお照《てる》が笑み交《ま》じりの顔を出し、

「崎山様はお見えになっておりますから、ご案内します」

お勝を招じ入れると、先に立って二階への階段を上がった。

「今日、ご隠居さんは」

お勝が尋ねると、

「お勝さんにも会いたいと仰ってたんですけど、ご用があって本郷の方にお出掛けになりまして」

返答したお照は、二階の廊下の先で膝をつき、

「崎山様、お勝さんをお連れしましたが」

障子の向こうの部屋に声を掛けた。

「入られよ」

部屋の中から聞き覚えのある喜左衛門の声が返ってきた。

障子を開けると、先にお勝を部屋に入れてから、お照がそのあとに続いた。

「崎山様、今日はわざわざおいでいただき、申し訳ございませんでした」

上座に着いている喜左衛門の向かいに膝を揃えると、お勝は丁寧に頭を下げた。

「いやいや、お気になさるな」

喜左衛門が軽く片手を打ち振った。

「お会いになるのは、お久しぶりでございますか」

火鉢にかかっていた鉄瓶の湯を急須《きゅうす》に注ぐお照に問いかけられたが、

「いつ以来でしたかね」

記憶が朧《おぼろ》になっていたお勝は、喜左衛門をそっと窺う。

すると、

「さて」

喜左衛門まで小首を捻った。

「どうぞ」

お照が、新たに淹れた茶を喜左衛門とお勝の前に置くと、

「いただこう」

すぐに喜左衛門が湯呑を手にした。

すると、

「崎山様やお勝さんがお気づきかどうか、実はこの前から、女中が二人、立て続けに『喜多村』を辞《や》めまして、お客様にご不便をおかけするのではないかと気が気じゃありませんでしてね」

お照は膝の上に置いた手をこすり合わせるようにして、苦笑いを浮かべて内情を口にした。

「立て続けに辞めたっていうのは、いったい」

「いえ何も、『喜多村』が嫌になって辞めたわけじゃないんです。本人たちは続けたかったんですが、一人は里の父親が病《やまい》に臥《ふ》せったというので、安房《あわ》の在所《ざいしょ》に泣く泣く帰ったんです。もう一人は所帯を持っての通いでしたけど、めでたく子を身籠《みご》もったんですよ。この子は、子供を産んだらまた働きたいとは言ってますが、それも二、三年先のことですからね」

「そうだねぇ」

お勝が相槌《あいづち》を打つと、

「そういうわけですから、崎山様、お勝さん、周りに気立てのいい子がいたら、どうか『喜多村』のことを気にかけていただきたいのです」

お照はそう言うと、両手をついた。

喜左衛門とお勝が、ともに了解すると、

「長々とお邪魔して申し訳ありませんでした」

丁寧に詫びて、お照は部屋を出ていった。

「崎山様、このたびは急なお呼び出しをして、申し訳ありませんでした」

お照が出ていくとすぐ、お勝は喜左衛門に改めて頭を下げた。

「『喜多村』の惣右衛門殿の使いが文《ふみ》を持ってきたというから、何ごとかと思ったよ」

喜左衛門は、そのことを気にしているふうではなく、悠然《ゆうぜん》と湯呑を口に運んだ。

お勝は二日前、「翌々日の八つ（午後二時頃）に、料理屋『喜多村』でお目にかかりたい」という文を、惣右衛門を通して建部家の喜左衛門に届けてもらったのである。

文を届けるだけなら、町小使《まちこづかい》を生業《なりわい》にしている『ごんげん長屋』の住人、藤《とう》七《しち》に頼めばいいのだが、〈お勝が旗本家の用人に文など、何ごとか〉との不審を持たれるのは避けたかった。

「それで、呼び出しのわけはなんだね」

喜左衛門が、やや不安げな顔を向けた。

「実は何日か前、うちの三人の子供を連れて日本橋亀井町の近藤道場へ泊まりがけで行ったんでございます」

「ほう、それはそれは」

喜左衛門の顔に笑みが浮かんだ。

「わたしは一晩泊まって、翌日には仕事に戻りました。子供たちがもう一晩泊まった翌日、倅の幸助が、近藤道場で源六郎様と顔を合わせ、こともあろうに、剣術の手ほどきまで受けたと自慢したのです」

「源六郎様と――」

喜左衛門の呟きに、お勝は頷きを返すと、

「牛込のお屋敷に戻られる源六郎様が、根津に戻る子供たちについて、『ごんげん長屋』の表まで同道されたというではありませんか」

「まことか」

　喜左衛門の声が掠《かす》れた。

「それだけならよいのですが、源六郎様が幸助に、いずれ建部家の屋敷に招くとまで口になされたそうなのです」

　お勝の話に喜左衛門は声もなく、口だけを大きく開けた。

「わたしは何も、源六郎様を産んだことを恥《はじ》とも過《あやま》ちとも思ってはおりません。跡継ぎの母が側室でもなく、今は、質舗の番頭を務めていると周りに知れれば、建部家の中に軋《きし》みが起きやしまいか、波風が立ちやしまいか、その一点が気がかりなのです」

　胸中の思いを正直に述べ、さらに、

「近藤道場での対面はともかく、今後、うちの子供たちに近づくことも、幸助をお屋敷に招くことなどもやめていただくよう、崎山様から源六郎様に、くれぐれも不審を抱《いだ》かれることなく、さりげなくお話し願えればと、こうしておいでいただいた次第でございます」

　努めて穏やかに申し入れたお勝は、ゆっくりと頭を下げた。

　喜左衛門はほんの少し間を置くと、

「わかる。お勝殿の思いは重々《じゅうじゅう》わかっている」

喉《のど》を締めつけるような声を出した。

喜左衛門はさらに、源六郎がお勝の子供たちに深入りしないよう気をつけると口にして、厳《いか》めしげに頷いた。

五

七つ（午後四時頃）を過ぎた時分から、根津権現門前町界隈から日射《ひざ》しが失《う》せた。

日の入りにはまだ早い刻限だから、分厚い雲に日が遮《さえぎ》られたのかもしれない。

あと四半刻もすれば、『岩木屋』は店じまいの支度に取り掛かる頃おいである。

顧客の御家人に呼ばれて屋敷を訪ねたあと、料理屋『喜多村』に立ち寄っていたお勝は、半刻ほど前に戻ってからは、帳面付けに追われていた。

帳場近くの板の間では、先刻質入れに来た客が置いていった質草の硯箱《すずりばこ》と、その少し前の女の客から預かった盃や二段重ねの塗りの盃台《さかずきだい》に、吉之助と慶三が紙縒りを結びつけている。

「ごめんなさいよ」

戸口の障子を開けて土間に足を踏み入れたのは、料理屋『喜多村』の隠居の惣右衛門だった。

「これはご隠居さん、おいでなさいまし」

いち早く気づいて腰を上げた吉之助が、土間に近づいて惣右衛門を見迎えた。

「何ごとですか」

帳場を立ったお勝も、吉之助の傍に膝を揃えた。

「旦那さん、品物を蔵に運びますので」

慶三が、紙縒りをつけていた質草の盃台と硯箱を指し示すと、

「わたしも一緒に持っていくよ。ご隠居さん、どうぞごゆっくり」

挨拶をすると腰を上げ、吉之助は硯箱を両手に持って慶三に続いて奥へと去っていく。

「用事で本郷に行った、その帰りなんだよ」

惣右衛門は、土間の框に腰掛けながらそう口にした。

「あぁ、そのことは女中頭のお照さんから聞きましたよ」

「そしたら、崎山様とは会えたんだね」

「えぇ、おかげをもちまして」

お勝は、文の仲立ちをしてくれた惣右衛門に礼を述べ、軽く低頭《ていとう》すると、

「建部家の家士の何人かが稽古にお通いの近藤道場のお内儀《ないぎ》から、崎山様に言付けがありましたし、師走ともなると、のんびりご対面するのも難しくなりますから、今月のうちに今年のお礼をと思いましたもので」

喜左衛門と会った用件を、お勝は時節の挨拶だと誤魔化《ごまか》して伝えた。

「それよりご隠居さん、立て続けに人が辞めてやりくりに難儀してるとお照さんに聞きましたけど」

「そうなんだよ。口入れ屋に頼んではいるんだが、どこも人手を欲しがっていて、なかなかこっちにまで回ってこなくてね」

「いい子がいたら口を利いてほしいとお照さんにも頼まれましたから、気をつけておきますので」

「一度は、あんたの娘のお琴ちゃんを当てにしたこともあったが、聞けば今や、お勝一家の賄《まかな》いを一手に引き受けている台所方《だいどころかた》だというし、諦《あきら》めるしかなさそうだ」

惣右衛門が小さな笑いを浮かべて腰を上げると、

「ご隠居さん、お帰りですか」

板の間に戻ってきた吉之助が声を掛けた。

「出掛けた帰りなので、急がないといけません。吉之助さん、また」

軽く辞儀をして惣右衛門が腰高障子を開けると、外は先刻より、さらに暗さを増していた。

四半刻ほど前に夜明けを迎えた。

だが、日の出前ということもあり、『ごんげん長屋』の井戸端は薄暗い。

朝餉の支度をつい先刻終えたお勝は、魚を焼いた網《あみ》や笊《ざる》、包丁《ほうちょう》などを洗っていたが、お富は米を研ぎ、お啓は小松菜《こまつな》を洗っている。小松菜は、油揚《あぶらあ》げと一緒にお啓夫婦の味噌椀《みそわん》となって朝餉の膳に載るに違いない。

井戸端の物干し場近くでは、置かれた樽《たる》に彦次郎と並んで腰掛けた藤七が、煙管を咥《くわ》えて煙草を喫《の》んでいた。

崎山喜左衛門と料理屋『喜多村』で対面してから三日が経った十一月の晦日《みそか》である。

「しかし、この二日ばかり、幸坊の木剣振りが見られないねぇ」

口の中で房楊枝《ふさようじ》を動かしながら、彦次郎がのんびりと口にした。

「あ、そういえばそうだね」

お富が彦次郎の言葉に相槌を打った。

「木剣振りは、いつも手跡指南所に出掛ける前にやってるはずなんだけどねぇ」

お勝が呟くように言うと、

「いや、そんな気配はしてないけどね」

お啓が小声で首を捻り、

「このところ、書物を読む声も聞かないねぇ」

そう口にした藤七の口から、煙草の煙が吐き出された。

「おはようございます」

空の鍋釜《なべかま》を手にして現れたのは、手跡指南所の栄五郎である。

先にいたお勝たちと朝の挨拶を交わすと、栄五郎は釣瓶《つるべ》を井戸に落とし、汲み上げた水を釜と鍋に注ぎ入れる。

そして、荒縄をきつく巻いて作ったたわしで、鍋釜をこすり始めた。

「あ、そうそう」

独り言を口にした栄五郎が、

「お勝さん、このところ幸助の顔つきが暗いのですが、何かあったんですかね」

洗う手を止めて、声を低めた。

「心当たりはありませんが。顔つきが暗いというと、どのような」

お勝も手を止めて栄五郎を見た。

すると、お富やお啓も栄五郎に注目する。

「どう言いますか、ひと頃のように、潑剌《はつらつ》とした様子がないのですよ。つまりその、覇気《はき》というものが見えないのです」

栄五郎からそんな言葉を聞いたお勝は、首を捻ると、ゆっくりと洗う手を動かした。


朝餉の膳に着いて食べ始めたのだが、話らしい話が誰からも出なかった。

お勝にしても、何を話していいか迷っている。

「ね、みんな、どうしたのさ。何も喋《しゃべ》らないで」

初めて不審の声を上げたのは、お琴だった。

「ほんと、どうしたんだい、みんな」

お勝が笑みを見せると、

「おっ母さんだって、暗い顔してたくせに」

お妙に指摘されて、お勝は慌てて作り笑いをし、

「あ、ごめんごめん。さっき井戸端で、お富さんや藤七さんたちから、ここのところ幸助の木剣の素振りを見かけないし、書物を読む声も聞こえないなんて聞いたもんだから、さっきからわたしも幸ちゃんはどうしたのかなぁって、つい考えてたんだよ」

笑いに紛《まぎ》れさせて幸助に話を向けた。

「あ、そう。わたしもどうしたんだろうって思ってたけど、幸ちゃんやっぱりやめてたのかぁ」

お琴は特段驚きもせず淡々《たんたん》と口にして、焼いた鰯《いわし》の丸干しをかじった。

「おれはやめたんじゃなくて、休んでるだけだよ、お琴姉ちゃん」

箸を手にしたまま正面のお琴の方を見た幸助は、胸を張ってそう口にし、

「手跡指南所から帰ってすぐに始める『童子教』の素読は、昼寝をしている『ごんげん長屋』の皆さんには邪魔だろうと思うし、朝餉のあとの木剣の素振りは『えい、えいっ』と大声を出さなきゃならないうえに、手がかじかんで握る力がなくなって、つい木剣を放り投げてしまう恐れもあるんだ。だからこの際、寒さが厳しい冬場は休んで、寒さが和《やわ》らぐ来年の三月に再開しようと思うんだよ」

最後まで泰然《たいぜん》とした様子で事情を話した幸助は、一同を笑顔で見回した。

幸助の言うことがあまりにも整いすぎていて、お勝は返す言葉が見つからない。

お琴とお妙は食べながら、幸助が言うことに不審の眼を向けていた。


明日から師走というこの日、『岩木屋』は朝からひっきりなしに客が訪れた。

午前中は質入れの客が多かったが、午後になると、預けていた冬の道具を請け出しに来る連中で混み合った。

それが落ち着いた八つ（午後二時頃）過ぎ、『岩木屋』の土間に、お妙が入ってきた。

「手跡指南所は終わったのかい」

慶三が声を掛けると、お妙は頷き、『ごんげん長屋』に帰る途中だと返事をした。

「何か用があったのかい」

帳場からお勝が問いかけると、

「ちょっと」

と口にしたお妙は土間の奥に進み、お勝を慶三から離れたところに呼んだ。

「どうしたんだい」

土間の奥に膝を揃えたお勝が声を低めると、

「幸ちゃんが、素読や剣の素振りをやめたわけを知ってる」

と、お妙が囁いた。

お妙が言うことには、何日か前、手跡指南所のある瑞松院で起きた出来事のせいではないかというのだ。

その日の朝方、手跡指南所に早く着いた幸助は、栄五郎の講義が始まる前、境内《けいだい》の花壇に刺さっていた竹の棒を木剣代わりにして、年下の男児たちに上段の構えとか八双の構えなどと、剣の手ほどきをしていたらしい。

そのうち、一対一で闘おうということになり、竹の棒を手に闘いを始めた。

最初こそ、相手の竹の棒を防いでいた幸助だったが、年下の相手に自分の竹の棒を叩き落とされたのだと、お妙は語り、

「それできっと、幸ちゃんはすべてに自信をなくしてしまったんじゃないのかな」

と口にした。

お勝は内心、お妙が言った通りだろうと思った。

しかし、

「なるほどね」

お勝はあえて曖昧な返事をした。

「あたしが言ったってことは、幸ちゃんには内緒だよ」

そう言い残すと、お妙は『岩木屋』をあとにした。

帳場に戻ったお勝は、つい小さな笑みを浮かべてしまった。

これで、幸助は武家になるという思いを諦めて、より堅実な道に進んでくれるかもしれない――そんな思いにとらわれた、安堵の微笑みであった。

第二話　お直し屋始末

一

師走《しわす》に月が替わった途端、根津権現門前町一帯は何かと気ぜわしくなった。

『岩木屋』の帳場に着いている番頭のお勝は、店の表を行き来する人の足音や飛び交《か》う話し声から、忙しさを感じ取っていた。

「どうも、今年も残すところあとひと月になりましたねぇ」

店の前の道に水を撒《ま》きに出ている手代の慶三が、町内の顔馴染《かおなじ》みとやりとりをする声が届いたかと思うと、

「おや、久しぶりだねぇ。お稼ぎなさいよ」

何かの担《かつ》ぎ売《う》りにも声を掛けた。

『岩木屋』は、冬場ともなると表の戸は閉めている。

しかし、根津権現社にほど近い場所に店を構えていると、参詣《さんけい》の人、お札《ふだ》を貰《もら》

いに来る人などの他に、町内の鳶《とび》の者たちも慌《あわ》ただしく動き回る様子がわかる。

そんな様子を見るにつけ、否《いや》が応《おう》でも年の瀬が近いことを思い知らされる。

来《きた》る八日は事始《ことはじ》めといい、新年を迎える支度に取り掛かり、古来《こらい》、正月用の道具を取り出す日となっていた。

八日が近づくと、『岩木屋』には例年、質草《しちぐさ》にしていた正月用の道具を請《う》け出しに多くの人が押しかけてくる。

事始めの当日は、家にある笊《ざる》や目籠《めかご》を竿《さお》に吊るして屋根の上へと立てるのだが、これは、魔《ま》除《よ》けのための習わしである。

十三日になると、恒例の煤払《すすはら》いとなる。

一年の間に溜《た》まった汚れを落とそうと、町家や商家、それに寺社に至るまで大掃除に取り組むのだ。

「わたしどもへご用でしょうか」

表で声がしてすぐ、戸口の腰高障子《こしだかしょうじ》が開くと、空の桶《おけ》を持った慶三が土間に入り、

「どうぞ」

外へ声を掛け、帳場のお勝に「お客様です」と告げた。

外から土間に入ってきたのは、三十半ばほどの商家の内儀《ないぎ》らしき女と、十《とお》ばかりの男児、それに手代と思《おぼ》しき男の従者である。

「『岩木屋』の番頭でございますが、ご用向きを承《うけたまわ》ります」

帳場を立ったお勝は、三人が立っている土間の近くに膝《ひざ》を揃《そろ》えて迎えた。

桶を土間の隅に置いた慶三は板の間に上がり、お勝の後ろに控える。

「わたしは、浅草駒形町《あさくさこまがたちょう》の菓子屋『五林堂《ごりんどう》』の女房で、豊《とよ》と申しますが、今日伺《うかが》ったのは、質入れの用件ではないのでございます」

「と、いいますと」

お勝が、丁寧《ていねい》な物言いをしたお内儀に尋ねると、

「十日ほど前ですから、先月のことになりますが」

お豊と名乗ったお内儀は、伴《ともな》ってきた十ばかりの男児は倅《せがれ》の仙太郎《せんたろう》だと告げ、上野東叡山《うえのとうえいざん》に墓参りに行った帰りに降りかかった出来事を語り出した。

それによると、墓参りを終えたお豊と仙太郎が慈眼堂《じげんどう》前の屏風坂《びようぶざか》の石段を下り、屏風坂門から下谷屏風坂下町《したやびようぶざかしたちょう》の往来に足を踏み出した途端、下谷車坂町《したやくるまざかまち》の方から走りくる暴れ馬に遭遇《そうぐう》したとのことである。

あまりのことにお豊と倅が立ちすくんでいると、脇から駆けつけた男衆が母子

を背にして馬に向かって立ち、気迫を込めて広げた両手を上下に振った。すると、暴れ馬は前足を振り上げて後ろ足で立つと、両手を広げた男衆の眼の前で前足を下ろしたという。

「わたしたち母子を暴れ馬から助けてくれたその男衆は、轡《くつわ》を取ると馬を宥《なだ》め、追いついてきた馬子《まご》に一言、気をつけなさいよと言って、馬子に手綱《たづな》を持たせて去らせたのですよ」

お豊の話す出来事はよくわかったのだが、

「その出来事と、わたしどもと、どのような関わりがあるのかが、よくわからないのですが」

お勝が窺《うかが》うように問いかけた。

「さようでございますね。言葉もなく成り行きを見ていたわたしが、助けていただいたお礼もお名を聞くのも忘れたと気づいたときはすでに遅く、その男衆は大八車を曳《ひ》いて、山下《やました》の角を不忍池の方へ曲がっていったところでした」

「はい」

お勝は小さく相槌《あいづち》を打った。

「でも、その男衆が着ていた臙脂色《えんじいろ》の半纏《はんてん》の襟《えり》に、〈根津　質舗『岩木屋』〉と、白抜きの文字があったのを覚えていたのです」

お豊が口にするや否《いな》や、

「おっ母さん」

口を開くと同時に、仙太郎は慶三を指さした。

「え。わたしは」

慶三はしどろもどろになったが、

「この半纏です。助けてくだすった大八車のお人は、これと同じ半纏を着ておいでした」

大きく頷《うなず》いたお豊は、慶三の半纏を食い入るように見た。

「しかし、それは、わたしじゃございません」

慶三は、片手を左右に打ち振ると、

「十日くらい前ということですが、その時分わたしが大八車を曳いて上野の方に行く用はありませんでしたからね」

盛んに首を捻《ひね》る。

「うちには、車曳《くるまひ》きにも長《た》けた奉公人がおりますから、なんならその者をここへ呼んでみましょうか」

お勝が申し出ると、

「是非、お願いいたします」

お豊は深々と腰を折った。

「それじゃ、わたしが裏へ行って弥太郎《やたろう》さんを」

そう口にして慶三が立つと、

「あ、慶三さん、ついでに蔵に行って、茂平さんと要助さんにも事情を話してここに来てくれるよう言っておくれよ」

お勝が声を掛けた。

「承知しましたが、要助さんは今日、こっちでの修繕がありませんから、『直し屋』の方で仕事にかかってるはずです」

「それじゃ、茂平さんと弥太郎さんを」

「はい」

返答した慶三は、帳場の奥の暖簾《のれん》を割って奥へと消えた。

「まぁ、皆さん立ったままじゃなんです。火鉢《ひばち》の傍《そば》にお掛けくださいまし」

お勝が笑顔で勧めると、

「それでは、お言葉に甘えまして」

軽く会釈《えしゃく》したお豊は、仙太郎を框《かまち》に腰掛けさせると、

「貞吉《さだきち》もお掛けなさい」

従ってきた奉公人にも勧めて、お豊は仙太郎と並んで腰掛けた。

「仙太郎さんは、おいくつですかねぇ」

お勝がにこやかに問いかけると、

「十《とお》です」

仙太郎がはきはきと答えた。

「やっぱり、うちの倅とおんなじくらいでしたね」

「番頭さんのお子は？」

「十一なんですがね、仙太郎さんの方がしっかりしておいでのようです」

お勝は素直にそう言ったが、十一の幸助を貶《おとし》めるつもりは毛頭《もうとう》なかった。

姉と妹に挟まれた幸助は、長屋の大人たちの眼の届くところで過ごしているから、どこかに甘えのようなものがある。

それに比べて、菓子屋という商家を継《つ》ぐ定めの男児には厳しい眼差しが注がれがちだから、知らず知らずのうちに、己を律《りっ》するということを身につけるのかもしれなかった。

奥の廊下から板の間に戻ってきた慶三が、

「茂平さんと弥太郎さんは、表に回るそうです」

そう告げて膝を揃えるとすぐ、戸口の障子が開いて、蔵番の茂平と車曳きの弥太郎が土間に入ってきた。

「番頭さん、慶三から話は聞きましたが、うちの半纏を見たと仰《おっしゃ》るのはこちら様で？」

茂平が、お豊母子に眼を向けてお勝に尋ねると、

「十日前って時分に、上野の近くに行った覚えはねぇし、あたしゃ、ここ数年大八車を曳いた覚えもねぇんですよ」

頭を捻りながら口を開くと、お豊に眼を戻した。

「わたしは大八車に荷を積んで動き回りましたが、十日ほど前に行った先は、根津権現門前町、宮永町、それに根津元御屋敷《ねづもとおやしき》の武家地がほとんどでしたからね」

弥太郎はそう言うと、お豊に向かって小さく頷いた。

「わたしが眼にした男衆は、年の頃三十半ばだったように思いますので、このお二方ではないと思います」

お豊がそんな口を利《き》くとすぐ、

「あれ、三十半ばっていうと、ほら」

弥太郎が何かを思いついたような声を発した。

するとお勝は、

「やっぱり要助さんかねぇ」

と、首を捻る。

「そうですよ番頭さん。要助なら、『岩木屋』の半纏を着ていてもおかしくはねぇ」

すぐに茂平が続け、大きく頷いた。

要助というのは、『岩木屋』の奉公人の一人で、その仕事は損料貸《そんりようが》しで貸し出した道具類に瑕疵《かし》が出来たり壊れたりしたとき、それの修繕を受け持っていた。

損料貸しは、一日貸し出すことも、数日あるいはひと月から半年にわたることもあるから、汚れたり傷ついたりすることがあった。

そんな道具などを、次の貸し出しに使えるように直しておくのが、修繕係の要助の務《つと》めだった。

一年ばかりは、『岩木屋』の老職人のもとで修繕の見習いをしていたが、以前、指物《さしもの》の修業をしていた要助は、その師匠が亡くなったあとも、さらに腕を上げた。

簞笥《たんす》や指物、塗りの酒器や高足膳《たかあしぜん》、それに煙草盆《たばこぼん》や燭台《しよくだい》に行灯《あんどん》などから、欠けた焼き物の金継《きんつ》ぎに至るまで修繕できる要助の腕は、『岩木屋』だけにかぎらず、近隣の者たちも認めていた。

　しかし、そんな仕事はのべつあるわけではない。

「要助の腕を遊ばせるのはもったいない」

　そう口にした主《あるじ》の吉之助に相談されたお勝は、『岩木屋』の仕事が暇《ひま》なときも、その腕を振るえる場を持たせたらどうかと進言した。

　その意見に同意した吉之助は、要助のために、住まいと仕事場を兼ねた小さな借家を与えて、『よろずお直し　要助』という看板を掲《かか》げさせたのである。

　それが五年前のことだったのだ。

　しかし要助は、『よろずお直し』の仕事がないときは『岩木屋』に来て修繕に勤《いそ》しむし、修繕がないときは、弥太郎の曳く大八車を押したり、慶三の紙縒《こよ》り縒りを手伝ったりしている。

「番頭さん、要助さんが看板を掲げている直し屋は下谷同朋町だから、上野東叡山の近辺で大八車を曳いていても、おかしくはありませんね」

　弥太郎の言葉に、お勝は大きく頷いた。

「でしたら、わたしどもはその『よろずお直し』のお店へ伺おうと思いますが、そこは、下谷同朋町のどの辺りでしょうか」

お豊が身を乗り出したとき、

「何ごとだね」

戸口の障子を開けて土間に入ってきた吉之助は、その場の様子をぽかんとして見回した。

二

日は大分高くなって、少し波立つ不忍池の水面《みなも》をきらきらと輝かせている。

お勝は、お豊と仙太郎、それに貞吉と呼ばれた手代の先に立って、池畔《ちはん》沿いに池之端仲町《いけのはたなかちょう》方面へと足を向けていた。

先刻、『岩木屋』を訪れていたお豊たち三人を前に、蔵番の茂平や車曳きの弥太郎まで顔を揃えているのを、

「何ごとだね」

と、外から帰ってきた吉之助に問われたお勝は、お豊から聞いた話の一切を伝えたところ、

「帳場はわたしが見るから、番頭さんはこちら様を、要助の家までお連れしたら

どうだろう」

　と言う吉之助の案を受け入れたお勝は、要助が『よろずお直し　要助』の看板を掲げている下谷同朋町を目指しているのだ。

根津権現社前の『岩木屋』から下谷同朋町まで、四半刻《しはんとき》（約三十分）ほどの道のりである。

あと四半刻もすれば四つ（午前十時頃）という頃おいだった。

「しかし、『岩木屋』さんの奉公人でありながら、他所《よそ》にも仕事場をお持ちとは、どういうことですか」

『岩木屋』を出るとすぐ、お豊から向けられた問いかけに、お勝は道々、その顚《てん》末《まつ》を話して聞かせた。

　すると、

「『岩木屋』さんのように道具を扱う商売には、その要助さんは欠かせないお人なんですね」

　お勝の話を聞いたお豊から、しきりに感心する声が出た。

「直しのことにかけては熱心でして、今では着物の染み抜きに、漆《うるし》塗《ぬ》りや蒔絵《まきえ》の修繕まで身につけたいと申しておりまして、それには頭が下がる思いですよ」

お勝は、正直な思いを述べた。

要助に感心するのは、そんな意欲だけではなかった。

近隣の長屋住まいの連中から、障子の桟《さん》が折れたとか、桶の箍《たが》が外れたと言って持ち込まれても、気安く、しかも修繕代を取らずに直してやっているという噂《うわさ》を聞いていたのだ。

下谷同朋町は、湯島天神裏門坂通り《ゆしまてんじんうらもんざかどお》と上野東叡山の黒門《くろもん》前から延びた上野広小路《うえのひろこうじ》がぶつかった三叉路《さんさろ》から半町（約五十五メートル）足らず東へ向かった先にあるが、要助の家は南へ延びる小道の突き当たり近くである。

下総高岡《しもうさたかおか》藩井上《いのうえ》家の上屋敷角にある辻番所《つじばんしょ》の近くに、『よろずお直し　要助』の看板が掛かった平屋が見えた。

「ここなんですよ」

お勝は、看板が掛かった家の前に立つと、

「要助さん、勝だけど」

ひと声掛けてから、閉められた腰高障子を一枚引き開けて、土間に足を踏み入れた。

「こりゃ番頭さん、どうしてこちらへ」

板張りに敷いた薄縁《うすべり》に胡坐《あぐら》をかいて三方《さんぼう》を組み立てていた要助が、手を止めてお勝の方を見た。

作業場になっている板張りは、いつも通り物の整頓が行き届いている。彫金《ちょうきん》で使う押木《おしぎ》や、修繕の材料になる竹材《ちくざい》、木の板は片隅にまとめられ、薄板を曲げるときに使う手焙《てあぶ》り、水桶《みずおけ》もいつものところにある。木工などに使う様々な道具類は壁際に設《しつら》えられた棚の周辺にまとめて置かれており、要助の几帳面《きちょうめん》さが窺える。

「あんたに用事があって来たんだよ」

要助から向けられた不審への返答をすると、

「あ。例の物は出来上がってますから、あとで届けるつもりだったんですよ」

要助はそう言いながら、壁際の棚に這《は》い寄って、金継ぎの施《ほどこ》された大皿を手にした。

「品物の催促《さいそく》に来たんじゃなしに、あんたに会いに来たんだよ」

お勝はそう言うと、

「どうぞ、お入りになって」

戸口の外のお豊たちに声を掛けた。

「あ、お客さんですか」

呟《つぶや》いた要助が、板張りに残っていた道具や木っ端《こぱ》などを隅の方に押しやっていると、お豊たち三人が土間に足を踏み入れた。

「そこは狭いので、どうぞ奥の方へ」

戸口の土間に入ったお豊ら三人を見た要助は、枡形《ますがた》になって奥へと通じる広めの通り土間へと促《うなが》した。

「要助さん、実はね」

お勝が口を開くと同時に、

「おっ母さん、この人だよ」

いきなり仙太郎が声を発して指さすと、要助に眼を留めていたお豊も大きく頷いた。

「お勝さん、これは――」

要助は戸惑いを見せて声を上げた。

「要助さんあんた、こちらの母子を覚えていないかい」

お勝は、お豊と仙太郎を指し示したが、要助は小さく首を捻るばかりである。

そこで、十日ばかり前、下谷屏風坂下町で暴れ馬から母子を助けた覚えがない

かと聞くと、

「あぁ」

呟いた要助は、お豊と仙太郎に眼を留め、

「あ、あのときの」

と、笑みを浮かべた。

「その折は、お所もお名も聞くこともできず、お礼が遅くなって申し訳ありませんでした」

お豊が腰を折ると、仙太郎も倣《なら》った。

堅苦しいやりとりには慣れていない要助は、ぎくしゃくと頭を下げた。

「貞吉」

お豊が声を掛けると、後ろに控えていた手代が框近くに進み出て、絹織《きぬおり》の風呂《ふろ》敷包《しきづつ》みを板張りに置いた。

「これは、浅草のわたしどもの店で売っておりますす菓子ですが、どうかお納《おさ》めくださいまし」

「そりゃ、どうも」

すっかり恐縮した要助は、板張りに手をつくと、丁寧に頭を下げた。

不忍池の畔《ほとり》で九つ（正午頃）の鐘《かね》を聞いたお勝と要助が、根津宮永町を通り過ぎて根津権現門前町へと差しかかっている。

浅草に帰るお豊と仙太郎の一行と、『よろずお直し　要助』の家の表で別れたお勝と要助は、『岩木屋』へ向かっていた。

お勝が手に提《さ》げているのはお豊が持参した菓子の包みで、要助が背負っている大風呂敷には、修繕を施した品物がふたつあった。

「直しの品がありますから、わたしも『岩木屋』についていきますよ」

要助は、お勝が去る間際になって、同行すると言い出したのである。

「あらお勝さん、外回りだったんですか」

声を掛けて足を止めたのは、『ごんげん長屋』の住人、青物売《あおものう》りのお六だった。

「修繕済みの道具を持ち帰るところなんだよ。お六さん、青物は売り切ったようだね」

天秤棒《てんびんぼう》に下がった空の竹籠《たけかご》ふたつに気づいて、お勝が笑うと、

「おかげさまで、千駄木町《せんだぎちょう》で売り切ってきたところですよ。それじゃ」

お六は笑みを残して『ごんげん長屋』の方へと足を向けた。

いつも朝の暗いうちから京橋《きょうばし》の大根河岸《だいこんがし》、本所《ほんじょ》の青物河岸《あおものがし》などに出掛けて青物や芋類《いもるい》、季節になれば玉蜀黍《とうもろこし》や瓜《うり》などを仕入れて売り歩くので、お勝が長屋に帰る夕刻まで顔を合わさないことがよくある。

朝から売り歩いて残り物が出ると、『ごんげん長屋』の住人に分けてくれる気のいい独り者である。

「ただいま戻りました」

お勝が声を掛け、要助とともに『岩木屋』の土間に足を踏み入れると、

「お帰り」

「お帰りなさい」

帳場に着いていた吉之助と、板張りで質草に紙縒りを結びつけていた慶三から声が返ってきた。

「要助も一緒だったか」

「はい。お直しの済んだ物がありましたので」

吉之助に返事をした要助は、背負っていた大風呂敷を板の間に置くと、結びを解いて、煙草盆と大皿を出した。

「あ、この煙草盆は灰吹《はいふ》きの取り換えだったね」

盆を手に取って、灰吹きの具合を見た慶三は、

「さすが要助さんだ。新品ですよ、これは」

感心したように頷いて床に置いた。

「番頭さん、今ですか。お、要助まで」

奥の暖簾を割って顔を出した茂平が声を掛けると、弥太郎ともども板の間に出てきた。

「旦那さん、蒸《ふ》かし芋《いも》ご馳走《ちそう》になりました」

弥太郎が吉之助に礼を言うと、

「お民《たみ》さんが芋を蒸かしてくれてるから、番頭さんと要助も台所で食べてくればいい」

そう勧めた吉之助の前にお勝が膝を揃え、

「これは、さっき要助さんを訪ねて見えた『五林堂』のお内儀の土産《みやげ》なんですが、要助さんが『岩木屋』のみんなで食べてくださいとのことでして」

一言告げて、菓子の風呂敷包みを置いた。

「そりゃありがとう。またあとで、みんなで茶を飲みながらということにしようか」

「そうですね」

吉之助に相槌を打った茂平が、

「しかし、いつもはおとなしいお前さんが、暴れ馬を止めたなんて、おれはいまだに信じられねぇんだよ」

と、しきりに首を捻る。

茂平が口にしたことは、お勝も同感だった。

「わたしが、千住掃部宿《せんじゅかもんしゅく》生まれだってことは、お話ししたことはありますが」

「畑作農家の次男坊だって聞いてるよ」

お勝が、要助の言葉にそう続けた。

「畑作をしながら、うちじゃ、荷を運んだり土を掘り返したりする馬を二、三頭、飼っていたんですよ」

初めて聞く要助の話に、他の者たちは耳を傾《かたむ》けた。

妹と兄弟《あにおとうと》の二人を含めたきょうだい四人は、幼《おさな》い時分から畑仕事の合間には馬の世話をしていたという。

農耕が暇なときは、父親が、千住宿の問屋場《といやば》に馬を貸し出していた。

家から宿場まで馬を曳いていき、一日が終われば家の馬小屋に連れ戻った。

家を継げない次男坊の要助は、指物師《さしものし》のもとに見習い奉公に出る十四の頃まで馬の世話をしていたので、その扱いには慣れており、怖《おじ》けることがなかっただけだと話を締めくくった。

「なるほど。そういうことだったか」

頷いた吉之助が、大きな身振りで己の膝を叩いた。

「そしたら今後、根津権現社の神馬《じんめ》が暴れたら、要助に鎮《しず》めてもらえるな」

茂平の一言に、その場の一同から笑いが起きた。

「今度のことで、『五林堂』さんは要助さんに大恩を感じておられるようで、『岩木屋』のどなたでも、浅草に来たら是非、店にお立ち寄りくださいとも言っておいでですから、ついでのときには寄るといいよ」

お勝が勧めると、その場のみんなから、「おぉ」とか「よっ」とか、歓喜の声が上がった。

お勝は、弥太郎が曳く、荷を積んだ大八車の後ろに続いている。

荷を覆《おお》った紺色《こんいろ》の布の下には、損料貸しから戻ってきたあと、『岩木屋』の蔵に置いてあった修繕を必要とする道具類がいくつも載せられていた。

急を要するのは、正月によく使われる高足膳の直しだが、荷台には他に、根津の岡場所から運んだ物もあった。

妓楼《ぎろう》に揚《あ》がった酔っ払いが、怒りにまかせて壊した掛行灯《かけあんどん》、座敷で使う切灯台《きりとうだい》の他に、炬燵《こたつ》の櫓《やぐら》、衝立《ついたて》、柄《え》の外れた十能《じゅうのう》などである。

『岩木屋』に訪れた浅草の菓子屋『五林堂』のお豊を、要助の家に案内した翌日の午後である。

湯島天神裏門坂通りを通って下谷同朋町に着くと、大八車を曳く弥太郎の先に立ったお勝が、『よろずお直し　要助』の腰高障子を開けて、
外から声を掛けて、弥太郎の大八車が着くのを待った。

「要助さん、勝だよ」

「お勝さん、昨日はどうも」

表に出てくるなり、要助から声が掛かった。

そこへ弥太郎の曳く大八車が着くと、お勝と要助が覆っていた布を外して梶棒《かじぼう》に掛けると、弥太郎も加わって、積み荷を家の中の板張りに運び入れる。

数は多かったが、軽い物ばかりなのであっという間に片付いて、お勝と要助は家の土間に入った。

「昨日も言った通り、急ぐのは正月に使う家が多い高足膳だけど、暮れまでにはなんとかなるだろうか」

お勝の問いかけに、板張りに置かれた五客《ごきゃく》の膳を一通り見て、

「なんとかします」

要助は、笑顔で小さく頷いた。

「それじゃ、わたしらは貸してあった箪笥なんかを引き取りながら『岩木屋』に戻るから」

そう口にしてお勝が表へ体を向けたとき、ふらりと入ってきた女とぶつかりそうになった。

「すまないね」

冷ややかに一言口にした女は、家の中を見回した眼を要助に留めると、

「やっぱりここだったんだねぇ」

口の端を少し歪《ゆが》めて、含み笑いのようなものを要助に投げかけた。

三十を少し過ぎたばかりと思しき婀娜《あだ》な女は襟巻《えりまき》をしていた。

「それじゃわたしは」

「いてもらいてぇ」

要助から縋《すが》るような声が掛かって、出ようとしていたお勝は足を止めた。

「どうか」

と、要助に頭を下げられたお勝は、貸していた品物の引き取りを弥太郎に託すことにして、先に行かせた。

弥太郎が大八車を曳いて去る音がするとすぐ、

「こちら、要助さんのおかみさんかい」

黒目がちの女はそう言うとお勝を見て、紅《べに》で赤い唇《くちびる》をそっと舌で舐《な》めた。

「おれが奉公してる質屋の番頭さんだよ」

「そりゃ、お見それしました」

そう言ってお勝に軽く会釈をした女は、

「いやぁ、捜した捜した」

明るい顔で大仰《おおぎょう》な物言いをして、土間の框に腰を掛けた。

要助は土間を上がり、女の背後で胡坐をかいた。

お勝は迷いながらも、戸口に近い土間の框に腰掛けた。そこからは、通り土間の框に掛けた女を、斜め後方から見ることができた。

「ほら、十二年前、お前さんと所帯を持ったのが本所だったたじゃないか」

女は近くに置いてある修繕の品に軽く手を触れながら、まるで独り言のように口を開いた。

「この前、回向院《えこういん》の近くに用があって行ったら、昔のことをふと思い出してさ。夫婦水入らずで暮らしてた、ほら、竪川《たてかわ》に架《か》かる二ツ目之橋《ふたつめのはし》から近い、本所相生町《ほんじょあいおいちょう》四丁目の『えびす店《だな》』。いえ何も、懐《なつ》かしがったわけでもなく、長屋がどうなってるかって、ついでにちょっと足を踏み入れてみたんだよ。そしたら、あったよ、おんなじところに。だけど、知った顔は一人もいなかった。お前さん、あんたもね」

女に声を向けられたものの、要助はなんの反応も示さない。

「まぁ、あたしが出てってから九年も経《た》つんだ。いなくなったからって、不思議なことじゃないよ。で、帰ろうとしたら、あの大家が現れたんだよ。丸顔にどんぐり眼《まなこ》の、名は瀬兵衛《せへえ》とか清兵衛《せいべえ》とかいった、ええと。まぁ、名はどうだっていいけど、ことのついでに要助さんがどこに行ったのか聞いたら、あんた、あたしがあそこを出たあと、神田の方に行ったんだってね」

女の問いかけに要助は表情ひとつ変えず、依然《いぜん》、沈黙を守っていた。

「あの大家は、あの時分のお前さんを高く買ってたからね。世話になってた親方のもとを辞《や》めて、神田の古道具屋に鞍替《くらが》えしたと言って悔しがってたよ。どうして、あの親方から暇を取ったんだい、え？　ま、それはいいけど。それから何日かして、両国《りょうごく》に行ったついでに、なんだか富士塚《ふじづか》にお参りしたくなって、神田川の岸辺を柳森富士《やなぎもりふじ》の方へと向かったんだよ。そしたら、新シ橋《あたらしばし》の手前に、豊島町《としまちょう》があるのに気づいてさぁ。いえね、本所の『えびす店』に行ったとき、大家が言ってたんだよ、要助さんは神田川傍《そば》の豊島町の古道具屋に住み込んで、道具の修繕を仕事にしているなんてね。だからあたし、富士塚のお導きかと思って、古道具屋を捜したんだよ。古道具屋なんて、ひとつの町内にそう何軒もあるわけないから、ひと歩きしたら、ありました。見つけましたよ、道具屋『閑古堂《かんこどう》』。そこで、あんたを尋ねたら、二年ばかり道具屋に住み込んだあと、世話になりましたと頭を下げて道具屋を辞めたのが、六、七年前になるとかなんとか」

女の話を聞いているうちに、要助が、どんな変遷《へんせん》を辿《たど》って『岩木屋』の奉公人になったのかが、お勝には朧気《おぼろげ》に見えた。

要助が『岩木屋』で修繕の見習いを始めたのが、七年前だったのだ。

「ところがさ、その道具屋の親方の知り合いが、上野や下谷辺りで、どこかの印半纏《しるしばんてん》を羽織《はお》ったあんたを何度か見かけたと教えたそうなんだよ。背負い簞笥《だんす》とか、ときには炬燵《こたつ》の櫓《やぐら》のような物を持ち歩いてる様子から、上野界隈《かいわい》で仕事をしてるんじゃないかって道具屋の親父が言うから、この夏の終わり頃から、ついでがあれば、あたし、この辺りを歩いていたんだよぉ。ふふふ、そしたら、見つけた」

最後の方は甘えるような声を出して、女は笑みを洩《も》らした。

「湯島天神に行った帰りだったよ。天神様の門前から出たところで、不忍池の方から歩いてきた職人風の男が、風呂敷包み抱えて裏門坂通りを上野広小路の方へ歩いていくじゃないか。あんただってことは、すぐにわかったよ。わからないわけないじゃないか。あとをつけようと思ったけれど、ふと迷いが出てさ。だって、どの面《つら》下げてあんたの前に出られるのかなんてさ。ほんの少し足を止めてる間に、広小路の人混みん中で見失ったんだ。そしたら、つい二日前、この辺りを歩いてたら、ここの軒下《のきした》に看板が掛かっててさ。『よろずお直し　要助』って。中を覗《のぞ》いたら、客がいたからその日はやめて、今日改めて来てみたんだよ」

そう言うと女は、掛けていた腰を回して体ごと要助に向いた。

そのとき、女の足元が眼に入ったお勝は、下駄《げた》の歯がやけにすり減っていることに気づいた。

砂に汚れた黒色の足袋《たび》のこはぜが一枚、こはぜ掛けから外れている。

「それで、なんの用だね」

要助の口から、抑揚《よくよう》のない低い声がした。

「何も、これといって」

女が口ごもると、

「おつやさん、用がなきゃ、帰ってもらえねぇかねぇ」

要助の口から出たのは、冷ややかというよりも、情の籠《こ》もらない声である。

ふっと小さく苦笑いを浮かべたおつやと呼ばれた女は、ゆっくりと腰を上げると、何も言わず障子戸を開けて、表へと出ていった。

「番頭さん、今のは別れた、いや、わたしに愛想《あいそ》を尽かして逃げた女房なんですよ」

小さく頷いたお勝は、開けられたままの戸の間から、去っていくおつやの姿を見た。

「しかし、九年も経って、何しに現れたものか――」

そう呟いて項垂《うなだ》れた要助の口から、ため息が洩れた。

三

帳場のある『岩木屋』の板張りには陶製《とうせい》の火鉢がふたつ置かれている。ひとつは帳場のすぐ近く、もうひとつは客が当たれるよう、土間近くに置いている。そのどちらからも、火にかけられた鉄瓶《てつびん》から湯気が立っていた。

店を開けてから半刻《はんとき》（約一時間）ばかりが過ぎた頃おいである。

お勝が下谷同朋町の要助の家で、おつやという逃げた女房と顔を合わせたのは二日前のことだった。

帳場を立ったお勝は、

「お待たせいたしました」

土間の框に腰掛けていた武家の妻女《さいじょ》と思しき女の傍に膝を揃えた。

すると、三十半ばほどの女は急ぎ腰を上げて土間に立つ。

「これがお預かりした品の預かり札でございます」

お勝が土間近くの板張りに質札《しちふだ》を置くと、女は忌々《いまいま》しげに札を摑《つか》んで袂《たもと》に押し込みながら、戸口へと向かう。

「品物はたしかにお預かりさせていただきます」

お勝の言葉に続いて、

「お気をつけて」

手代の慶三も声を掛けたが、一刻も早く質屋をあとにしたいのか、女は返事ひとつせず、腰高障子を開けて表へと飛び出していった。

「これを」

お勝は帳場で用意していた、質入れ人の名、品名、預かり日、請け出し日を記した紙縒りを慶三に渡して腰を上げた。

「しかし、絹の紋付《もんつき》を質に入れるとは、よほど困っておいでのようですね」

慶三が、乱れ箱《みだればこ》に置いてある質草の留袖《とめそで》と帯の上に紙縒りを置きながら呟いた。

礼装用の紋付である。

急に着なければならぬかもしれぬ大事な着物を武家の女房が質に入れるとは、慶三が口にした通り、よほどの事情があると思われる。

何年も質屋の手代をしているだけあって、慶三は質入れにやってくる人の暮らしぶりまで読み取れるようになっていた。

遊ぶ金欲しさか、後ろ暗い質草か、暮らしに困窮《こんきゅう》しているのかなど、質屋には様々な事情を抱えた人がやってくるのだ。

帳場机に着いたお勝が質草の預かり帳を開いて、硯箱《すずりばこ》から筆を手にしたとき、

「番頭さん」

帳場の後ろの奥との境に下がっている暖簾から、蔵番の茂平が顔を覗かせた。

「何ごとですよ」

茂平の声音《こわね》に屈託《くったく》を感じたお勝は、訝《いぶか》るような声を向けた。

「すまねぇが、蔵の脇の作業場に来てもらいたいんだが」

茂平が遠慮ぎみな物言いをすると、

「わたしが帳場に座りますから、何かあれば声を掛けますんで」

板張りの質草に紙縒りをつけていた慶三から、そんな声が届いた。

「それじゃ頼むよ」

腰を上げたお勝は、先に立つ茂平に続いて帳場の奥の暖簾を潜《くぐ》った。

茂平が口にした作業場というのは、貸し出した道具などが壊れたり疵《きず》がついていたりしたとき、係の要助が修繕をする四畳半ほどの板の間である。

それは、二階建ての蔵の階段下にあった。

「入ります」

作業場の外で声を掛けた茂平が板戸を開けて、先にお勝を中に入れた。

「これは」

お勝は入った途端、吉之助と向かい合っていた要助を見て思わず声を上げた。

「要助がさっき、のそっと蔵の二階に現れて、頼みがあると言うんで、旦那さんともども話を聞いたとこなんだよ」

事情を口にした茂平が、要助と並んで座り、四人が車座《くるまざ》になった。

「いや、要助がね、下谷同朋町で引き受けた仕事もここに持ってきて、しばらくこの場で直しの仕事をさせてもらいたいって言うんだよ」

吉之助が困惑したように言うと、

「そんなことは、わたしなんか呼ばなくても旦那さんがお決めになればいいじゃありませんか」

「そうなんだけど、その事情は、番頭さんが知っていると言うので来てもらったんですよ」

「なんのことだい」

お勝は、神妙な様子で俯《うつむ》いていた要助に眼を向け、不審を口にした。

「一昨日《おととい》、番頭さんと弥太郎さんが下谷の家に来たとき、おつやという女と会ったじゃありませんか」

「あの女が昨日も来まして、金の無心《むしん》を口にしたんですよ」

声を出したお勝は、要助に頷きを返した。

「あぁ」

「あ」

お勝は声を上げかけたが、口が開いただけで言葉にはならなかった。

「そのおつやって女は、何者なんだね」

茂平の問いかけに、どう切り出せばいいのか迷っている要助に代わって、二日前、下谷同朋町の『よろずお直し』の家に現れたおつやについての話を、お勝が大まかに打ち明けた。

そして、

「そのときは、要助さんに帰ってくれと言われて素直に出ていったんですが。そうかい、昨日は、無心にねぇ」

お勝は声を低めた。

要助に言われるまま、おつやはその場を立ち去ったが、あのままでは済むまいという予感がお勝にはあった。

しかし、さっそく翌日に現れるとは思いもしなかった。

「それで、銭金をいくら欲しいと口にしたんだい」

「はい。一両とは言わないが、一分でも一朱でもと。ですが、わたしは断りました。修繕に使う板や竹はこっちが用意しなくちゃならねぇから、仕事をすればするだけ金になるという大工や庭師と違って、利は薄いんだって。そしたら、百文でも五十文でもいいからなんとかならないかって言い出す始末で」

要助は、尋ねたお勝にそう話した。

おつやは泣き落としにかかったが、要助は首を縦《たて》に振ることはなかったという。

するとおつやは不貞腐《ふてくさ》れた顔つきになって、

「また来るよ」

と、吐き捨てるように言うと、下駄の音をことさら荒らげて立ち去ったと、要助は昨日の出来事を語った。

「要助、お前が情にほだされなかったのは上出来だよ」

茂平が低い声を出すと、さらに、

「一分一朱と言っていた者が、百文五十文にまで額を下げるっていうのは、商売の資金繰りに難渋《なんじゅう》してるってわけじゃねぇ。どんな仕事をしてるか知らねぇが、どうやらその日その日の暮らし向きが火の車なんだよ。そんな相手に甘《あめ》え顔して一度でも渡しちまったら、これから何度でも金をせびりに来るぜ」

とも述べた。

亀の甲《こう》より年の功《こう》と言う通り、茂平の言うことは、お勝にも頷けた。

「つまり、元女房のおつやに押しかけられると困るから、しばらく下谷の家を留守にしたいってことだね」

「さようで」

要助はお勝の問いかけに返答すると、吉之助に頭を下げた。

「しかし、修繕の仕事はここでもいいが、寝泊まりまで作業場じゃ落ち着かないだろう」

吉之助が気を回すと、

「それだったら、谷中感応寺《やなかかんのうじ》門前のおれの借家じゃどうだい。狭いながらも二間はあるからさ」

「だけど茂平さん、朝餉夕餉《あさげゆうげ》はどうするね？」

お勝が口を挟むと、

「それは心配にゃ及ばねぇ。七面坂《しちめんざか》にゃ『ふくべ』っていう飲み屋がありまして、そこの女将《おかみ》とは、へへへ、ここ数年来昵懇《じっこん》にしておりますんで、朝晩の飯の心配はいらねぇんで」

茂平が口にした七面坂は、谷中三崎坂《さんさきざか》を上がった先にある長明寺《ちょうめいじ》の角を右に折れたところにある坂の名で、『岩木屋』からなら四半刻足らずで行き着ける。

「なんだい茂平さん、そんなお人がいたのかい」

吉之助が軽く眼を見開くと、

「瓢箪《ひょうたん》みてぇに下膨《しもぶく》れしてますがね」

茂平はまんざらでもなさそうに、含み笑いをした。

「なるほど、それでふくべですか」

そう口にしたお勝が、お多福《たふく》の面を思い浮かべて目尻を下げると、

「茂平さん、ひとつよろしくお願いします」

要助はその場に両手をついた。

お勝と三人の子供たちが住まう『ごんげん長屋』界隈でも、根津権現社近くにある『岩木屋』の界隈でも、煤竹売《すすだけう》りの声が飛び交い始めた。

煤竹とは、煤を払うために先端に葉を残した竹のことである。

来《きた》る十三日には、煤竹を使って一年の埃《ほこり》を払う習わしがあった。

今日は七日の昼過ぎだが、煤竹売りは他に先んじて売り抜こうと、声をからして町々を歩き回る。

「どうか、よいお年をお迎えください」

土間に下りたお勝が、質草の請け出しに来た老爺《ろうや》について戸口に立つと、

「お気をつけて」

戸を開けた慶三が、表に出ていく老爺に声を掛けた。

見送った慶三が戸を閉めようとしたとき、外から伸びた手の力で戸が引き開けられ、

「痛っ」

慶三は右手を引いて、軽く振った。

開けた戸から歯のちびた下駄で土間に踏み込んできたのは、首に襟巻をしたおつやだった。

「おいでなさいまし」

お勝はいつも通り、『岩木屋』の客に対するようにして迎え入れると、慶三とともに土間から板張りに上がる。

「慶三さん、火鉢の火を見ておくれ」

そう言うと、お勝は板張りに膝を揃えて、肩を怒らせて土間に立っているおつやと正対し、

「ご用を承《うけたまわ》ります」

と、丁寧な口を利いた。

「下谷同朋町の『よろずお直し』の家が閉まってるんだが、要助さんがどこへ行ったかご存じじゃありませんかねぇ」

「さぁ、品物のお届けに出たんじゃありませんか」

お勝が返答すると、

「隣近所に聞いたら、ここ数日、家が閉まってるっていうじゃないか。要助さんはここに来てるんじゃないのかい」

おつやは足を一歩踏み出した。

「いいえ」

お勝がゆっくりと首を横に振ると、おつやは戸口に駆け寄って、開けた戸の外に、

「伝八《でんぱち》さん、いないって言うんだがねぇ」

そう投げかけた。

だ。

するとお開いた戸の隙間《すきま》から、着流しの上に褞袍《どてら》を羽織った男が土間に入り込

おそらく、おつやが呼びかけた伝八だろう。

「いねぇたぁどういうこった」

凄《すご》みを利かせた伝八の頭は、髷《まげ》を結《ゆ》ってはいるものの、手入れの行き届かない髪は鳥の巣を思わせた。

「この女番頭に聞いておくれよ」

おつやがお勝を指し示すと、褞袍の袖《そで》を大仰にまくり上げて腕の彫《ほ》り物を見せつけるようにした伝八は、框に腰掛けて足を組み、

「てめぇのところの奉公人の行き先を知らねぇたぁ妙じゃねぇか」

お勝を脅《おど》すように睨《にら》みつけた。

「奉公人ではありますが、うちの仕事がないときは、『よろずお直し　要助』の看板を掲げてる下谷の家で、近所の皆さんに頼まれた道具などを直すというのが、要助さんの長年の習わしでして」

臆することなく事情を話すお勝の物腰に気勢《きせい》をそがれたのか、伝八が、どうしたものかという眼をおつやに向けたとき、暖簾を割って現れた要助が板張りで立

ちすくんだ。

「いるじゃないかぁ！」

おつやが大声を張り上げる。

「こいつが要助か」

伝八に問われたおつやが、燭台を手にしたまま足をすくませている要助を見て、大きく頷いた。

「おい番頭、おめぇよくも嘘《うそ》を並べやがったなぁ」

伝八が顔を突き出すと、お勝はさらりと要助を振り向き、

「修理の燭台を裏口から届けてくれたんだねぇ。気づかなくて悪かったよ。ま、お座りなさいよ」

平然と、そう並べ立てた。

要助は、仕方なくお勝の指示に従う。

すると、近くの火鉢を覗き込んだお勝は、

「あ、慶三さん、火鉢の炭を作造さんから貰ってきておくれ」

と言いながら、火箸《ひばし》で炭を並べ替える。

「作造さんでいいんですね」

慶三が問い返すと、

「そうだよ」

お勝は笑みを浮かべて、火箸を灰に刺す。

「わかりました」

心得た慶三は腰を上げ、暖簾を割って台所へ通じる廊下に消えた。

「さてと、うちの要助さんに、どんなご用でしたかねぇ」

お勝が改まると、

「用ってお前、おつやが昔を懐かしがって会いに行ったたっていうのに、この野郎はつれなく追い返しやがったんだ」

伝八は要助の顔を指さした。

「その場にはわたしもおりましたが、懐かしがってというより、おつやさんは無心にいらしたように見えましたがね」

お勝は、穏やかな笑みを浮かべて言った。

「無心はおめぇ、会ったついでのことだよ。今、金に困ってるからつい口にしたんじゃねぇか。元の女房が困ってるんだ、なんとかしてやってもよかったんじゃねぇか、ええっ」

「おつやに金を用立てる謂《いわ》れはありませんよ。わたしから逃げたくせに、身勝手ですよ」

弱々しい声ながら、要助が伝八に抗弁した。

「この野郎！」

眼《む》を剝いた伝八が、板張りに上がろうと草履《ぞうり》の足を框に載せた途端、その足をお勝が片手で払い、

「土足で上がられちゃ困ります！」

雷《かみなり》のように鋭い声で咎《とが》めると、伝八は渋々、元の場所に掛け直した。

「伝八さんとやら、おつやさんは今や、お前さんのいい人じゃないんですか。とすれば、今の男が金の工面《くめん》をするのが、筋ってものじゃありませんかね」

お勝がことを分けて話すと、伝八は何か言おうとするものの言葉にならず、

「工面がつかねぇからこうやって――！」

もう一度袖をまくって腕の彫り物をお勝の眼の前に突き出す。

「墨《すみ》で汚れたそんな肌を、店先でちらつかせられると商売の邪魔です。それよりも、お前さんのその褞袍《どてら》を質入れすると言うなら、いくらか値をつけて差し上げてもよござんすがねぇ」

「ちきしょう、この大年増が！」

伝八が框を下りて土間に仁王立《におうだ》ちした刹那《せつな》、戸口の障子が開いて、慶三が目明かしの作造を伴《ともな》って店に入ってきた。

「揉《も》めごとですって？」

作造が静かな声を掛けると、慶三が、

「こちらが」

と、伝八とおつやを指した。

「なんだ、おめ――」

言いかけた伝八は、作造の帯に差してある十手《じって》が眼に入ったらしく、身をすくめた。

「こんな破落戸《ごろつき》の一人や二人、おれが出張《でば》らなくても、かみなりのお勝さん一人で退治できるはずなんだがなぁ」

「か、かみなりたぁなんだ」

伝八が掠《かす》れた声を出すと、

「このお勝さんを怒らせると、怖いってことだよ」

作造が、お勝を指し示した。

「あんた」

おつやは一言発すると、先にそそくさと表へ出ていき、すぐに伝八が続いた。

「あれは、なんなんだい」

首を捻った作造は、お勝たちを見回す。

「この要助さんが、ちょいと言いがかりをつけられましてね」

お勝が笑って頭を下げると、

「また何かあったら知らせてもらいましょう」

そう言い置いて、作造は表へと出ていった。

すると、

「番頭さん」

要助が神妙な声を出し、下谷の家に帰ると口にした。

「ここにいたら、『岩木屋』に迷惑をかけることになりそうですから」

「そんなことは気にしなくていいんだよ。旦那さんだって、きっとそうお言いだよ」

お勝は要助に翻意《ほんい》を促《うなが》した。すると、

「あいつらが下谷の家に現れたら、隣近所の知り合いに声を掛けて、土地の御用《ごよう》聞《き》きに助けを求めることにしようかと思います」

要助はきっぱりと言い放つ。

「要助さん、さっきの番頭さんのやり口を見習うつもりだね」

慶三が笑いながら口にすると、要助は照れたような笑みを浮かべて頷いた。

四

『ごんげん長屋』のお勝の家には、四半刻ほど前に昇った朝日が射《さ》し込んでいる。

その様子から、六つ半（午前七時頃）を過ぎた頃おいだと思われた。

お勝と三人の子供たちは、いつもの通り、ふたつずつ並べた箱膳《はこぜん》を向かい合わせにして朝餉を摂《と》っている。

味噌《みそ》椀《わん》と目刺《めざ》しに納豆《なっとう》と焼き海苔《のり》、それに昨夜の残りの南瓜《かぼちゃ》の煮物が朝餉の膳に載っていた。

「今夜だけど、夕餉は先に食べてておくれよ」

箸を動かしながらお勝が口を開くと、子供たちはさほど関心を示さず、「ふうん」という顔をしただけだ。

「ちょっと、下谷の要助さんのところに寄る用事があるもんだからさ」

「あ。修繕屋の要助さんだ」

幸助が箸を止めて口にした。

「それを言うなら『よろずお直し』の要助さんだよ」

口を挟んだのはお妙だ。

「どっちでもいいじゃないかぁ。いちいちうるさいなぁ」

口を尖《とが》らせた拍子《ひようし》に、幸助の口から納豆の粒がいくつか飛んだ。

「もう」

口では怒りながらも、腰を上げたお琴が幸助の前に落ちていた納豆の粒を雑巾《ぞうきん》で拭《ふ》き取った。

「そういうわけだから、お琴頼んだよ」

「わかった」

頷いたお琴は、自分の膳の前に着く。

先日、おつやの来訪を用心した要助は、一旦『岩木屋』に避難していた。

ところが、おつやが伝八という情夫《じようふ》を連れて『岩木屋』に現れてひと悶着《もんちやく》起こした日に、意を決して下谷同朋町の家に帰っていった。

それから二日が経つが、要助からはなんの音沙汰《おとさた》もない。

音沙汰がないのは無事ということなのだろうが、お勝は気になっていたのである。

『岩木屋』の建物の西側には空き地があって、もっぱら弥太郎が使う大八車と、損料貸しで貸し出す大小の石灯籠《いしどうろう》、それに空の酒樽《さかだる》など雨風に当たっても障《さわ》りのない品々が置かれていた。

昼前は質入れの客で混み合っていたのだが、昼を過ぎるとその数は減って帳場が落ち着いた頃、お勝は蔵の出入り口近くの板戸を開けて、庭に出た。

建物の塀際《へいぎわ》に、日を浴びた餅搗《もちつ》き用の臼《うす》が五つ並べられており、それぞれに二本ずつの杵《きね》が置いてあって、弥太郎が、蒸《む》した餅米を搗《つ》く臼の窪《くぼ》みの埃を乾《かわ》いた布で拭いている姿があった。

「一年ぶりの出番だね」

近づいたお勝が声を掛けると、

「あと半刻ばかり日を浴びさせたら蔵に戻しますよ」

臼を拭きながら弥太郎が答えた。

空き地に出してある臼と杵は、師走になれば引く手あまたとなる損料貸しの代《しろ》物《もの》である。

年末になると、餅搗きを請け負う男たちが臼と杵を借りに『岩木屋』にも訪れる。二十九日と大晦日《おおみそか》を除いて、二十六日からは町の至るところで餅搗きを請け負った男衆の掛け声が響き渡るのだ。

「さっき旦那に聞いたら、番頭さん、要助さんのとこに行くんですってね」

「そうだけど、何か」

「要助さんが茂平さんの家に泊まってたとき、二人と一緒に七面坂の飲み屋に行ったんですよ」

弥太郎が言う飲み屋とは、茂平が行きつけにしている『ふくべ』という飲み屋のことである。

その店の女将とは数年前から昵懇と言っていたが、茂平の情婦《じょうふ》と見て間違いあるまい。

「そしたら、名は茂平さんが言ってた通り、名はおつうさんていう、下膨《しもぶく》れしたお多福の面みてぇなお人でしたよ」

「そうかい」

お勝は、つい笑みをこぼした。

「茂平さんは、いい人をつかまえたもんですよ」

感心したような口を利いた弥太郎は、

「そのおつうさんが、茂平さんのとこに逃げてきた要助さんの事情を知って、気にかけてたもんですから」

「そのことは、要助さんに伝えておくよ」

そう言うと、お勝は弥太郎に頷いてみせた。


夕刻の不忍池の畔《ほとり》に西日が射している。

お勝は、店じまいの四半刻前に『岩木屋』をあとにして、下谷同朋町の要助の家へと向かっていた。

「ごめんよ」

お勝が、西日の照り返しが映《うつ》っている障子戸の中に声を掛けると、

「どうぞ」

要助の声が返ってきた。

戸を開けて土間に足を踏み入れると、作業台に向かっていた要助が手を止めて、

「この前預かってきた鏡立《かがみた》ては、二、三日したら届けますので」

お勝に小さく頭を下げた。

「あぁ、そのことで来たんじゃないんだよ。その後、変わりないかと思ってさ」

お勝はそう言うと、今日の昼過ぎ、『岩木屋』の庭で弥太郎から聞いた話を伝えた。

七面坂の『ふくべ』の女将が要助を気遣《きづか》っていたことを告げると、

「ありがたいことです」

要助はもう一度頭を下げた。

そのとき、地面に下駄を引きずるような音が近づいてきて、いきなり戸が開いて人影が迫ったかと思うと、お勝が掛けていた框のすぐ脇に倒れ込んだ。

土間に倒れ込んだ女の顔は、乱れた髪から垂れ落ちた手拭《てぬぐ》いに覆われている。

お勝がその手拭いを取り除くと、眼の端を腫《は》らし、血の塊《かたまり》のある切れた唇のおつやの顔が現れた。

「お前さん、どうしたんだよ」

お勝が上体を抱え上げると、腑抜《ふぬ》けたようなおつやは板張りの柱に体をもたれさせた。

「要助さん、金を都合してくれないかねぇ」

おつやは柱にもたれたまま、弱々しい声を洩らし、

「金の工面がつかないと、痛い目に遭《あ》わされるんだよぉ」

泣き言を吐いた。

「そんなことをする男なら、手を切るいい折じゃないか」

お勝がそう投げかけると、

「切れたくなんかないんだよぉ」

そう叫んだおつやは、

「そろそろ三十の半ば。この年になって、一人でどうすりゃいいんだよぉ。一人になんかなりたくないよ」

お勝を睨みつけると、その眼を要助へと向けた。

「一人は嫌だ、寂しくて嫌だ。こんなあたしを、伝八は相手にしてくれるんだ。たまに乱暴を働くが、構ってはくれる」

そう言って、おつやは小さくふっと鼻で笑った。

「あんた方二人が何をして稼いでるか知らないけれど、あの男はあんたの稼ぐ金を当てにしてるだけなんじゃないのかね」

「それでもいいんだよ。当てにされるだけましってもんだよ。張り合いってもん

が出るからさぁ」

おつやは、お勝に向かって胸を張った。

そしてすぐ、顔を伏せて大きくはぁと息を吐き、ゆっくりと手を上げて要助を指でさした。

「本所にいた時分、この男は女房のあたしを構うことなく、仕事仕事だった。季節になれば、隣近所の人たちと花見の話も出るじゃないか。梅はどこがいい、桜はどこにしようかなんて話が盛り上がっても、この男はいつも上《うわ》の空《そら》で、へぇとかほうとか言うばかり。あたしの話になんか、気乗りもしないんだ。話しかけても背中を向けて、押木《おしぎ》に置いた木に鉋《かんな》をかけてるだけさ。音がするのは鉋が木を削る音だけ。しゃあしゃあって。なのに、たまに口を開けば、子は出来ないのか、だもの。あたしなんかより、子のことなんだと思ったよ。そりゃあね、あたしだって欲しかったよ、子はさぁ」

そこまで口にしたおつやは、

「だけど、出来ないんだものっ、どうしたらよかったんだよぉ！」

要助に向かって声を荒らげた。

胡坐《あぐら》をかいていた要助は顔を伏せ、身じろぎもしない。

「子が出来ないのはあたしのせいかと思うと悔しくて、酒も飲んだ。お前に隠れて男とも遊んだ。お前は気づいてたかもしれないが、構わず遊んだ。子が出来たら、あんたの子だと言ってやろうとさえ思った。けど、出来やしない」

そう言って、くくくと笑ったおつやは、

「あたしがいくら外で遊んでも、この男はなんにも言わなかった」

呟くように、声を洩らした。

「言わないっていうのは、あたしなんかどうでもいいってことさ。惚《ほ》れてなんかいないってことなんだ。だったら、ひとつ屋根の下で暮らすことはないじゃないか。そう思って、本所の長屋を出たんだよ。飛び出したんだよぉ！」

おつやが、薄暗くなった作業場で吠《ほ》えた。

五

おつやから吠えるような言葉を向けられた要助は、依然として身じろぎもしなかった。

お勝とおつやからも声は出ず、作業場は静まり返っている。

ほんの束《つか》の間《ま》の静寂のあと、要助が体を動かして膝を揃え、

「すまない」

と小さな声をおつやに向け、さらに、

「すまなかった」

両手をついた要助が、はっきりと声に出した。

柱にもたれていたおつやは、西日の映る障子戸を向くと、ゆっくりと両眼を閉じた。

「今思えば、わたしはずっと、気持ちの余裕ってものの持ち合わせがなかったようだ」

要助が、静かに口を開いた。

おつやに向けたというより、自分自身に向けているような声音に思える。

「父親は北千住で馬飼《うまか》いをしてたんだ。畑も少しはあったが、きょうだい四人に爺さん婆さんもいて、暮らしは楽じゃなかった。十四になったとき、旅の商人の口利《くちき》きで、浅草八軒町《あさくさはちけんちょう》の指物師の家に住み込み奉公に出たよ。そこで一丁前の職人になろうと懸命に仕事を覚えて腕を上げたんだ。そしたら、年上や同じ年頃の見習いたちから、道具を隠されたり、作りかけの物を壊されたりするようになった。そのうち、親方に暇を出されて、そこを出たよ。親方ははっきりとわけは言わなかったが、言葉の端々《はしばし》から、わたしが『親方の腕をとっくに凌《しの》いでる』と自慢していると、他の弟子たちから告げられたとわかった。親方はその告げ口を真《ま》に受けたってことなんだ」

言葉のひとつひとつを嚙《か》み砕《くだ》くように、要助は淡々《たんたん》と話した。

日が翳《かげ》って作業場は薄暗くなったが、皆の顔かたちが見えなくなったわけではない。

「そこを出たあと、古道具屋で修繕の仕事をするようになったんだ。そこで二十四になったとき、道具屋の親父の世話で縁談を勧められた。近くに住む、おつやっていう出戻り女だということだったが、わたしは受けたよ」

要助の話に耳を傾けていたのか、眼を開けたおつやが小さく息を吐いた。

「ところがわたしは、周りから誹《そし》りを受けないようにとか、敵を作らないようにちゃんと仕事をしなければと、そのことばかりに精を出して、女房を構うことを二の次にしていたのかもしれない。それだって、夫婦の暮らしを立てるためだと思っていたんだが、それはわたし一人の勝手な思い込みで、女房の気持ちとはかけ離れていたのかもしれないねぇ」

そこまで口にした要助が、大きく息を吐いた。

〜煤竹《すすたけ》ぇ、煤竹ぇ、煤払い、煤竹、煤竹でござい〜

小路《こうじ》に入ってきたのか、煤竹売りの声が大きく聞こえ、やがて角を曲がっていったらしく、売り声も小さく消えていった。

「要助さんの、仕事へのそういう向き合い方は、性分なんだよ。それをあれこれ言っても、始まりはしないよ」

お勝が穏やかな物言いをした。

「けど、それがおつやを苦しめたとすりゃ――」

そこまで口にして、要助はがくりと首を折った。

「おつやさんの女心もわかる。だけど、どっちがいいの悪いのと言ったたって埒《らち》が明くもんじゃないよ。二人の気持ちの折り合いがつかなかったと言うしかないんだよ、きっと」

お勝が静かに断じると、

「それで飛び出してから、九年だよ」

おつやが、ぽつりと呟き、

「こんな年の暮れになって顔を合わせるとは、思いもしなかった。なのに、会っちまったねぇ」

おつやの述懐《じゅっかい》に、要助はなんの反応も見せない。

「あんたの暮らしぶりを見て、一人で店を構えてるのを知って、これならほんの少しのお金なら都合してくれると思って、恥《はじ》を忍んでここの敷居を跨《また》いじまったんだよ。だけど、それが間違いだったね」

そう言い切ると、掛けていた框から腰を上げ、

「もう二度とここには来ないから、安心おし」

手拭いを頭に載せて顔半分を隠すと、おつやは戸を開けた。

「待てよ」

呼び止めた要助は、隣の部屋に入って微《かす》かに物音を立てたあと、作業場に戻ってくると、おつやの片手を取って、掌《てのひら》に銭金を載せた。

「手元には、二分と一朱と二十文しかないが、これを叩きつけて、あの男とは切れた方がいい」

「けど、返せないよ」

おつやが、要助の顔を見て囁《ささや》いた。

「いいんだ」

「けど」

「『よろずお直し』を看板にしているわたしが、お前との夫婦仲の修繕をし損ねた。その詫《わ》び代だと思ってくれ」

そう言うと、要助は銭金の載ったおつやの指を、自分の手で折り畳《たた》んでやり、しっかりと握らせた。

おつやは何も言わず、弾《はじ》かれたように表へと飛び出し、小走りに去っていった。駆けていく下駄の音が遠ざかり、やがて消えた。

「男にみんなやらずに、自分の下駄を買い替えろと言ってやればよかったな」

要助がそう言って、片手で首の後ろを叩くのを見て、そうだねと言いかけたが、お勝は小さく頷くだけにした。


質舗『岩木屋』の界隈は、煤竹売りの声が朝から行《ゆ》き交《か》っていて、騒がしい。

今日は十三日の煤払い当日の、昼が近い刻限だというのに、残った煤竹を売り切ってしまおうという煤竹売りの商魂《しようこん》かもしれない。

客を迎えるのが商売の質屋では、総出の大掃除はできないが、近隣の小店《こみせ》では一家総出で煤払いをしているようだ。

お勝が要助の家でおつやと顔を合わせてから、四日が経っている。

朝から帳場に座っているお勝は、『ごんげん長屋』の大掃除はお琴に託していたし、蔵の掃除は蔵番の茂平と車曳きの弥太郎にまかせていた。

土間の框には、町家の女房と思しき若い女が腰掛け、その前に膝を揃えた慶三が板張りに座って、櫛笄《くしこうがい》、それに帯留《おびど》めの品定めをしている。

昼の日射《ひざ》しを映している腰高障子が開いて、要助が土間に足を踏み入れた。

「おや、何ごとだい」

お勝が顔を上げると、

「例の、鏡立ての直しが出来たので蔵に持っていったら、大掃除の最中でして。番頭さんへの用が済んだら、わたしも掃除の手伝いに行こうと思いますので、ちょっと」

要助は、品定めをしている慶三からさらに奥へ行った土間の隅に足を進めた。

帳場を立ったお勝が、板の間の奥に行って膝を揃えると、

「おつやから、昨日届きまして」

要助は懐《ふところ》から出した、畳んだ文《ふみ》をお勝に差し出す。

「いいのかい」

お勝が問いかけると、要助は大きく頷く。

畳まれた文を開くと、そこには、稚拙《ちせつ》な文字が綿々《めんめん》と綴《つづ》られている。お勝が眼で追うと、そこにはまず、先日要助から貰った銭金への礼が述べられていた。

そして、貰った金のうち、おつやは伝八に一分を渡すと、喜び勇《いさ》んで賭場《とば》へと出掛けていったと書かれ、

『その夜、賭場でのいざこざに巻き込まれて、腹を刺され、伝八は死んだ』

とも記されてあった。

おつやはさらに、『貰った金の残りを手に、小田原《おだわら》に行くつもりだ』とも書いていた。

以前、深川《ふかがわ》の水茶屋《みずぢゃや》で働いていたときの朋輩《ほうばい》が、小田原の漁師の嫁になっているので、その女を頼るというのだ。

海の仕事も宿場の仕事もいろいろあるからと、前々から誘われていたということだった。

文の最後には、『もう二度と無心することはないので、安心しておくれ』とあり、

『つや』と認《したた》められていた。

「よかったじゃないか」

そう言って、お勝は要助に文を返す。

「よかったっていうのは、伝八が死んだことじゃないよ。おつやさんが自分の道を、見つけられたってことがさ」

「はい」

要助は頷くと、

「それじゃわたしは、蔵の掃除の手伝いに」

そう言い残して表へと出ていった。

腰を上げて帳場に向かいかけたお勝が、慶三の傍で足を止め、

「その三つでいくらになりそうだね」

と、櫛笄《くしこうがい》などを覗き込んだ。

「一朱と三十五文かと」

答えた慶三が、算盤《そろばん》をお勝の前に差し出すと、お勝は算盤の玉を指で弾いた。

「え。一朱と五十文ですか」

慶三が声を上げると、

「ありがとうございます」

若い女房が嬉しげな声を上げた。

「今日は年に一度の煤払いですから、算盤の玉をひとつふたつ、指で余計に払っただけですよ」

お勝はそう言うと、若い女房に微笑《ほほえ》みを向けた。

第三話　不遇の蟲《むし》

一

師走《しわす》の半ばを過ぎると、商家の店先も町の通りも気ぜわしくなった。

そんな根津権現門前町の通りを、お勝は足早に歩いている。

十四日と十五日には、深川の富岡八幡宮《とみがおかはちまんぐう》で一番目の歳《とし》の市《いち》が立ったという。

正月を迎えるにあたり、注連飾《しめかざ》りや神棚、三方《さんぼう》やら羽子板《はごいた》などの正月用品を売るのが歳の市である。

昨日の十七日と十八日のこの日は、浅草寺《せんそうじ》で市が立った。

歳の市はこのように日を替えて江戸の諸方を移り、二十日、二十一日は神田《かんだ》明神《みようじん》で開かれるというのが毎年の恒例となっている。

この他にも、大晦日《おおみそか》までいろいろなところに市は立つのだが、いつも一番の人出があるのが浅草寺の歳の市だった。

浅草寺の市は、境内《けいだい》の中だけではなく、南は駒形《こまがた》から神田川の浅草御門《あさくさごもん》、西は上野黒門前に至るまで、様々な物を売る掛け小屋の小店《こみせ》が並ぶ。

そんな歳の市の賑《にぎ》わいは、質舗『岩木屋』の番頭のお勝には無縁だった。

大晦日にやってくる掛け取りに払う金を揃《そろ》えるために、質入れに押しかける客の対応に追われるので、帳場を離れるわけにはいかない。

この日も、店を開けると同時にやってきた質入れの客の対応で、お勝は帳面付けに机に着いたかと思えば客の相手をしなければならず、主《あるじ》の吉之助や手代の慶三ともども、休む間もなかった。

お勝の子供たちは、『ごんげん長屋』の住人の誰かに付き添われて、毎年、どこかの歳の市に行っている。

娘のお琴とお妙は、青物売《あおものう》りのお六と火消しの亭主を持つお富に連れられて浅草寺に行ったし、倅《せがれ》の幸助は、藤七と彦次郎に連れられて神田明神の歳の市に行くことになっていた。

お勝はこの日、昼時になって客の数が減ったのを見計らい、主の吉之助の了解を得て『岩木屋』を出ていた。

『ごんげん長屋』の住人の治兵衛《じへえ》が番頭を務《つと》める足袋屋《たびや》の『弥勒屋《みろくや》』とは眼と鼻

の先の、谷中片町《やなかかたまち》の飛び地にある『小兵衛店《こへえだな》』を目指していた。

そこへ行くことになった発端《ほったん》は、昨晩のことだ。

『ごんげん長屋』の我が家で、子供たちと夕餉《ゆうげ》を摂《と》り終えた頃、大家の伝兵衛がお勝を呼びに来たのだった。

『ごんげん長屋』の家主で、谷中にある料理屋『喜多村』の隠居である惣右衛門が、伝兵衛の家に来ているので、あとで来てもらいたいということだった。

夕餉の後片付けを済ませたお勝が、『ごんげん長屋』の敷地の中にある伝兵衛の家に行くと、惣右衛門と伝兵衛の他に、伝兵衛と年恰好《としかっこう》の似た男がいた。

惣右衛門によれば、根津元御屋敷の一角にある『小兵衛店』の家主で、味噌屋《みそや》の主の小兵衛という、以前から交流のある人物だということだった。

そしてその小兵衛から、『小兵衛店』に住む店子《たなこ》の一人について頭を悩ませていると、惣右衛門は相談を受けたというのだ。

小兵衛を悩ませているのは、七十に手の届くくらいの長三郎《ちょうざぶろう》という老人の存在だった。

その老人は一人暮らしなのだが、住人に対して、まるで癇癪《かんしゃく》持《も》ちのように容《よう》赦《しゃ》のない文句や怒りを投げかけるというのだ。

大家の米治《よねじ》が宥《なだ》めても聞かないうえに、頭ごなしの物言いをされて言い負かされるらしい。

家主とすれば『小兵衛店』から出ていってもらいたいのだが、あとが怖いのでなかなか言い出せないでいるという。

「それで、どうしてわたしが呼ばれたのでございましょうか」

話を聞いたお勝は、素朴な疑問を口にした。

「申し遅れたことはお詫《わ》び申します」

そう口を開いた小兵衛は、

「根津権現社前の質舗、『岩木屋』の番頭を務めておいでのお勝さんが、理不尽《りふじん》な客に恐れることなく対処しておいでだということも、町のならず者を相手に一歩も引かない胆力の持ち主だということも噂《うわさ》に聞いておりましたので、前々からご昵懇《じっこん》だという惣右衛門さんに口利《くちき》きをお願いした次第でして」

お勝に対して、そんな事情を打ち明けた。

すると惣右衛門が、

「つまりね、そんな厄介《やっかい》な相手に対し、お勝さんがどう向き合うのか聞いてみたいと言うので、来てもらったんだよ」

呼び出したことを詫びるように、苦笑いを浮かべた。

「ですが、その厄介なお人の様子を見てみないと、なんとも言いようがございませんが」

お勝は、正直な思いを口にした。

すると、

「長三郎さんはね、茶碗の触れ合う音や笑い声にも文句を言うらしいんです」

家主の小兵衛は、腹に据《す》えかねたように、溜《た》まっていた怒りを吐き出し、

「『小兵衛店』は『岩木屋』さんからも近《ちこ》うございますから、大家の米治には伝えておきますので、一度、『小兵衛店』に行って、様子を見ていただけませんか」

と、頭を下げた。

「わかりました」

お勝は、折を見て『小兵衛店』に寄ってみると請《う》け合った。

お勝は谷中片町の飛び地へと足を向けた。

谷中片町は谷中感応寺の脇にあるが、お勝が向かったのは、足袋屋の『弥勒屋』がある根津権現門前町と道を挟んだ東側にあるその飛び地だった。

自身番《じしんばん》の脇から三浦坂《みうらざか》の方へ折れたところに『小兵衛店』はあった。

昨晩、小兵衛から聞いていた通り、住人の名が書かれた様々な形の木札のある木戸を潜《くぐ》った路地の左右に、四軒長屋が二棟《むね》向かい合っている。

「ごめんなさいまし」

お勝が、左側の棟の一番手前の家に近づいて声を掛けると、

「どなたで」

という声と同時に戸が開けられ、五十の坂を越したくらいの男が顔を見せた。

「わたしは『ごんげん長屋』の住人の」

「あ。家主の小兵衛さんから聞いております。お勝さんですな」

「はい。あなたは、大家の米治さんですね」

「さようで」

頷《うなず》いた米治は、

「ともかく、中へ」

お勝を土間に招き入れると、板張りの長火鉢《ながひばち》の方へ行き、茶の支度を始めた。

「どうかお構いなく」

土間の框《かまち》に腰を掛けたお勝が声を掛けたが、米治は「はい」とは言ったものの、

茶の支度は続ける。

「あ、泣いてますね」

急須《きゅうす》の茶を湯呑《ゆのみ》に注いでいた米治が、ふと手を止めて戸口の方に眼を向けた。

お勝の耳に、赤子の泣く声が届いた。

米治が、茶を注いだ湯呑を載せた盆を持ってきてお勝の傍《そば》に置くと、

「向かいの若夫婦の、生まれて十月《とつき》ばかりの赤子なんですよ」

揃えた膝《ひざ》に両手を置いた。

「亭主は大工で、今は普請場《ふしんば》に出掛けているから揉《も》めることはないんですが、この泣き声にも、例の長三郎さんは、泣かせるなと文句を言うんですよ」

「え」

お勝は思わず声を発した。

「若い母親は困りきって、すいませんと謝ったり、泣く子を背負って外歩きをしたりしてましてね」

米治がそんな話をしていると、小さな金槌《かなづち》を打つ音や竹を割《さ》く音も届いてきた。

「その長三郎さんが、朝から出掛けてるらしくて、みんな心置きなく音を出してるようです」

米治の話に頷くと、お勝は湯呑を手にして口に近づけた。

「あ、この音は」

米治が耳を澄《す》ますと、ザッザッザッと、お勝の耳にも地面を引っ掻《か》くような草履《ぞう》
履《り》の音が聞こえた。

「長三郎さんが帰ってきましたよ」

米治がお勝に向かって囁《ささや》くと、足音が止まり、

「誰が子を泣かしてるんだ」

老爺《ろうや》の怒鳴り声が轟《とどろ》いた。

すると、

「すみません」

と、怯《おび》えたような女の声が上がった。

「威勢のいい亭主がいたら、長三郎さんは舌打ちをするだけで済むんですが、女房一人だと嵩《かさ》にかかって怒鳴り散らしましてね」

そう口にして、米治はため息をついた。

「おしのさん、爺さんに謝ることぁねぇよ。赤子は泣くのが仕事なんだからさぁ」

どこからか、男の声が響いた。

「錺職人《かざりしょくにん》の佐吉《さきち》さんだ。路地の一番奥で、長三郎さんと向かい合わせなもんで、何かというと言い争ってます」

米治の囁く声を聞いたお勝は、戸口の戸を少し開けて路地の奥の方へと眼を向けた。

路地の奥に立っている長三郎と思《おぼ》しき白髪頭《しらがあたま》の老爺が、

「お前がキンキンキンキン金槌を叩くから赤子が泣くんだ。狭い長屋に大勢が暮らすのだから、隣近所が迷惑するような音は出さないというのが決まりごとだろう」

右の棟の戸口に向かって怒鳴り声を上げた。

すると、

「あんたの怒鳴り声も大迷惑なんだよ」

どこからか、男のそんな声が飛んだ。

「竹籠屋《たけかごや》だな」

長三郎が、覗《のぞ》いているお勝の方に眼を向けた。

「うちの隣が竹籠屋の伴助《ばんすけ》さんでして」

米治の囁きに、お勝は黙って頷く。

「ここはもう、人並みの暮らしのできる場所じゃないな。下手《へた》な講釈《こうしゃく》の声もするし、三味線《しゃみせん》の音まで。これじゃ赤子だってわしらだってうなされるはずだよ」

長三郎が狭い路地に声を轟かせると、やけに激しい金槌の音が鳴り、隣の竹籠屋からは竹筒《たけづつ》を叩く音が響き渡り、どこからか三味線をかき鳴らす音も聞こえた。

「やめろっ、やめんかっ。静かに暮らさせてくれえっ！」

長三郎が顔を真っ赤にして叫ぶと、向かいの家の戸が音を立てて開き、金槌を手にした半纏姿《はんてんすがた》の男が躍《おど》り出た。米治が佐吉と言った錺職人だった。

「細けぇことにいちいち文句を並べるおめぇの声の方が近所迷惑なんだよ」

佐吉に吠《ほ》えられた長三郎は、戸を開けて自分の家に逃げ込もうとする。

「待ちやがれ、この爺《じじ》ぃっ！」

佐吉が襟首《えりくび》を摑《つか》んで、片足を土間に入れた長三郎を路地に引きずり出そうとする。

「佐吉さん、怪我《けが》なんかさせちゃならねえよ」

飛び出していった竹籠屋の伴助が、佐吉と長三郎の間に半身《はんみ》で割り込んだ。

「やい爺ぃ、おめぇはあとからここに来やがったくせに、子が泣いたり音を立てたりする中で暮らしてきた、前から住んでるおれらに文句を言うな。ここに、どんな仕事をしてる者がいるか、知ったうえで住んだんじゃねぇか。どうなんだ大家さん、米治さんよぉ」

佐吉の口から名を出されると、米治は草履を履いて路地の奥へと足を向けた。

「佐吉さんの言う通り、住人の生業《なりわい》のことは話してあったよ」

米治はそう言いながら、佐吉の手を長三郎の襟首から離そうとする。

「大家さん、こんな野郎、ここから追い出す手はねぇのかね」

「ままま。長三郎さんとはおいおい話をしますから」

米治は佐吉を宥《なだ》めながら襟首を摑んだ手を離させると、長三郎を家の中に入れて、戸を閉めた。

そこまで覗き見ていたお勝は、米治の家の土間を出て路地に立った。

すると突然、右の棟のどこからか、

「あたしらに文句があるなら、爺ぃが出てけばいいんだ」

甲高《かんだか》い女の声がしてすぐ、ガシャガシャと三味線を自棄《やけ》のようにかき鳴らす音が路地に流れた。

二

日が沈んで四半刻《しはんとき》（約三十分）ばかりが経《た》った。

仕事を終えて『岩木屋』から帰ってきたお勝は、子供たちが調《ととの》えていた夕餉の膳《ぜん》に着くとすぐ箸《はし》を動かしていた。

「え、おっ母さん、あの『小兵衛店』に行ったのかい」

この日、料理屋『喜多村』の惣右衛門に頼まれて行った『小兵衛店』で起きた騒動の話をお勝がした途端、箸を止めた幸助から素《す》っ頓狂《とんきよう》な声が上がったのである。

「あのって、幸ちゃんお前、『小兵衛店』のことを知ってるのかい」

お勝が問い返すと、

「よく知ってる」

幸助は顔をしかめて頷いた。

「お父っつぁんが料理人をしてる、幸ちゃんと同い年の利助《りすけ》も、『小兵衛店』の住人だよね」

「うん」

幸助は、お琴に頷いた。

するとお妙が、

「それにほら、利助さんの妹も、瑞松院の手跡指南所《しゅせきしなんじょ》に通ってるんだよ」

とも付け加えたので、

「あぁ、なるほどね」

お勝は大いに得心《とくしん》がいった。

「利助の妹のおゆうは、お妙と同じ年だし、あの『小兵衛店』には、子供たちの騒ぐ声がうるさいとか言って、瑞松院に怒鳴り込む爺様がいるんだよ」

幸助はさらにそう言って、飯を掻《か》き込んだ。

「だけどね、手跡指南所のお師匠様が相手になると、あのお爺さんはぶすっと口を尖《とが》らせて帰っていくんだよ」

お妙がお師匠様と言ったのは、『ごんげん長屋』の住人、沢木栄五郎のことである。

「だけどおっ母さん、その変なお爺さんていうのは、どんな人なの？」

お琴から問いかけられたが、お勝にもそれはよくわからない。

今日の昼過ぎに、『小兵衛店』で騒ぎが起きたあとの帰り際、

「あの、長三郎というお人は、どんな経緯《いきさつ》があってここに住むことになったんです？」

路地の奥から家に戻ってきた米治に、そう問いかけたお勝は、

「いえね、着ている物は新しくはありませんが、生地《きじ》もいいし、誂《あつら》えもしっかりしていて、安い代物《しろもの》じゃありませんので」

長三郎の素性《すじょう》が気になった理由を口にした。

「あの人がここに来たのは、一年半前でした」

米治が語ったところによれば、『小兵衛店』に来る前は、大川端鉄砲洲《てっぽうず》の平屋の一軒家に夫婦で住んでいたと、請け人《うにん》になった男が言っていたという。

ところが、女房が死んでからというもの、怒りっぽくなった長三郎は、近隣の住人と次々に悶着《もんちゃく》を起こして、ついにはいられなくなって『小兵衛店』に移り住むことになったということだった。

だが、どんな出自《しゅつじ》かは、米治もよくは知らないようだった。

「お勝さん、いるかい」

戸口の外から、聞き覚えのあるお啓の声がした。

「あぁ、いるよ」

返事をすると戸が開いて、お啓に続いてお富とお六が土間に足を踏み入れた。

「夕方、井戸端《いどばた》で伝兵衛さんと話をしてて聞いたけど、『小兵衛店』に行ったっていうじゃないかぁ」

「お啓さん、『小兵衛店』のことに詳しいのかい」

お勝は箸を置いて、土間の三人に体を向けた。

「あそこには、小うるさい爺さんが住んでるって話をしたら、お六さんはひどい目に遭《あ》ったそうでさぁ」

お富がそう言うと、

「ずっと前のことだけど、売り声を張り上げて青物を売りに長屋に入っていったら、他所《よそ》の家に入るのにけたたましい声を上げるんじゃないなんて、怒鳴られたことがあったんですよ。それからは、爺さんがいないときを狙うか、馴染《なじ》みの家の戸をこっそりと叩いて売るようにしてるんですよ」

お六は悔しさを顔に滲《にじ》ませた。

するとお富が、

「いつも来る蜆売《しじみう》りの子から聞いたことがあるけど、仲間の蜆売りや納豆売《なっとうう》り、竈《かまど》の灰を買いに行く子供たちは、その爺さんを恐れて、『小兵衛店』には近づかないそうなんだよ」

と付け加えた。

「そんなに嫌がられてるんだから、まぁそのうち、その爺さんは『小兵衛店』から追い出されるねっ」

お啓がそう断じると、連れ立ってきたお六とお富は大きく頷き、幸助は「うん」と声に出した。

「どうかよいお年を」

『岩木屋』の土間に下りたお勝が戸口に立って、帰っていく男の客を送り出した。

戸を閉めて板張りに上がったお勝は、火鉢《ひばち》の鉄瓶《てつびん》を少し持ち上げて炭の加減を見ると、すぐに五徳《ごとく》に載せた。

火鉢の近くでは、手代の慶三が、今出た客が質草《しちぐさ》に置いていった軸《じく》の収まった桐《きり》の箱に、名や日付を記した紙縒《こよ》りを結びつけている。

お勝が『小兵衛店』での騒ぎに遭遇《そうぐう》した日の翌々日の八つ時分（午後二時頃）である。

出入り口の戸が静かに開くのを、帳場に向かいかけていたお勝が気づき、

「おいでなさいまし」

声を掛けたが、すぐに、

「これは」

と口にして、その場に膝を揃えた。

外から土間に入ってきたのは、『小兵衛店』の家主の小兵衛と、『ごんげん長屋』の大家の伝兵衛だった。

「お揃いで何ごとですか」

お勝が尋ねると、

「実は昨夜、『小兵衛店』でひと騒動ありましてね」

困惑した顔で、小兵衛が答える。

「昨夜ですか」

お勝が訝《いぶか》ると、

「あ。一昨日《おととい》の騒動は、お勝さんがいるときに起きたそうですが、昨夜はまた別でしてね」

小兵衛は「ふう」と息を吐いた。

「ま、お掛けくださいまし」

手を差し伸べたお勝が促《うなが》すと、小兵衛と伝兵衛は緩慢《かんまん》な動きをして框に腰を掛けた。

「番頭さん、わたしはこれを蔵に運びますので」

桐の箱を抱えた慶三が、板張りの暖簾《のれん》を割って奥へ消えた。

「昨夜の騒動といいますと」

お勝は声を低めた。

「大方の家では夕餉を摂り終えた時分だったんだが、大工の勘次郎《かんじろう》さん夫婦のとこの乳飲み子が泣き出したそうなんですよ」

小兵衛が、ため息交《ま》じりで口を開いた。

その乳飲み子の泣き声に、例の長三郎が怒りの声を上げたという。

すると、酒を飲んでいた勘次郎が長三郎の家に押しかけて、言い争いが起きた。

その言い争いに、錺職人の佐吉と竹籠屋の伴助、さらに講釈師の男まで加わって、長屋は大騒動となった。

このままでは長三郎の身が危ういと見た大家の米治が割って入り、諍《いさか》いを止めようとしたのだが、揉み合いの弾《はず》みを食らって弾《はじ》き飛ばされたあげくに、頭を強く打って気を失うという事態となったと話し、小兵衛は肩を上下させて大きなため息をついた。

「それで、米治さんはどんな具合で？」

お勝が身を乗り出すと、

「長三郎さんは家の中に引っ込んだが、諍《いさか》いを起こした勘次郎さんや長屋の男たちが米治を戸板に乗せて、昨夜、白岩道円《しらいわどうえん》先生のお屋敷に運び込んだということでした」

弱々しい声で答えた小兵衛は、今朝方、白岩道円の屋敷に駆けつけたとも言い添えた。

道円屋敷の見習い医師の案内で部屋に入った小兵衛は、眼を開けて横になっていた米治から、小さな会釈《えしゃく》を向けられたという。

道円屋敷に運び込まれたときは気を失っていたのだが、夜中に呻《うめ》き声を上げて正気づいたということだった。

打った頭に異常はないが、倒れた弾みで腕や足を痛めているので、一日二日は道円屋敷で寝かせることになった。

「今朝わたしが長屋に出向いて、仕事に出た大工の勘次郎さんと講釈師の源平堂《げんぺいどう》寅介《とらすけ》さんを除いたみんなに米治の家に集まってもらいました。そこで米治の怪我の具合を話したら、長屋で仕事をする伴助さんと佐吉さんから、騒ぎを起こしてすまなかったと詫びの言葉を貰《もら》いました。道円屋敷の米治にも頭を下げるとも言ってくれましたが、集まったみんなは、いつもいつも悶着を起こす長三郎さんには腹の虫が治《おさ》まらないと口を揃えるんです。料理人の多兵衛《たへえ》さん夫婦と三味線の師匠のおくみさんが、長三郎さんが長屋に居残るならこっちが出ていくとまで言い出しますと、他のみんなも次々に賛同の声を上げました」

その声を聞いた小兵衛はその足で長三郎の家に行き、米治の様子を伝えたあと、

「住人の多くが長三郎さんの転宅を望んでいる」

と伝えたのだという。

すると長三郎は殊勝《しゅしょう》にも、

「家移《やうつ》りのことは、考えないわけじゃない」

そう言ったのだと、小兵衛は打ち明けた。

「まぁ、自分のせいで起こした悶着を止めに入った大家が、医者に運ばれることになったとあれば、そりゃ当人も考えるでしょう」

伝兵衛が口にしたことは、お勝の推量と似たようなものだった。

「長三郎さん本人は立ち退《の》くつもりになりましたが、ただ、すぐに空き家が見つ

かるかどうかだったんです。ところが以前、『喜多村』の惣右衛門さんから、『ごんげん長屋』には空き家がふたつあると聞いていたことを思い出したんですよ」

お勝は、そう話した小兵衛に困惑の眼を向けた。

『ごんげん長屋』にぁあの長三郎が住んだら、俠気《おとこぎ》のある藤七や火消し人足《にんそく》の岩造をはじめ、お啓やお富たちと激しい悶着を繰り広げることは眼に見えているのだ。

「いやお勝さん、小兵衛さんが『ごんげん長屋』にと仰《おつしや》ったのは、他の空き家が見つかるまでの間だけということなんだよ」

お勝の不安を察したのか、伝兵衛がそう付け加えると、

「そうそう、そういうことなんだよ。二、三日のうちに見つかればいいし、長引くようならそのときはまた、わたしらも考えますから」

小兵衛が言い添えた。

「わかりました。あとは、家主の惣右衛門さんがなんと仰るかですね」

お勝が返事をすると、

「いやお勝さん、次の住まいを見つけるまでのほんの少しの仮住まいだということで、惣右衛門さんからは今朝のうちに了解を得ているんだよ」

「そうでしたか」

小兵衛の言葉に、お勝は頷いた。

「それで、うちの店の手代と小僧たち三人を『小兵衛店』にやって、家財道具一切を荷車に積んで、長三郎さんともども、『ごんげん長屋』に移させてもらったところですよ」

小兵衛が言うと、伝兵衛が頷いて、

「長三郎さんに入ってもらったのは、以前貸本屋の与之吉さん夫婦がいた家です」

という言葉とともに、『ごんげん長屋』に残っていた住人には、長三郎の仮住まいのことは伝えてあるとも告げた。


いつもの刻限に仕事を終えたお勝は、急ぎ家路に就《つ》いた。

日が本郷の台地に沈む頃おいとあって、道行く人の足の運びがなんとなく忙しく感じる。

『ごんげん長屋』へ向かうお勝の気持ちも、いささか急《せ》いていた。

仮住まいに入ったあの長三郎が、『ごんげん長屋』の住人やお勝の子供たちにまで理不尽な怒りを向けてはいまいかと、気が気ではなかったのだ。

表通りから『ごんげん長屋』へ通じる小路《こうじ》に入ったお勝は、井戸端を通り過ぎて路地へと進む。

すると、井戸から二軒目の、空き家になっていた家の戸がカラリと開いて、伝兵衛が出てきた。

「こりゃ、お帰り」

伝兵衛は足を止めると、四半刻前に長三郎を訪ねたら、布団を敷いて寝込んでいたとお勝に告げた。

「そのとき、熱があると言うんで、持ち合わせの薬を飲ませたんだよ。それで、今覗いてみたら、寝息を立てて眠ってる」

伝兵衛がそんな話をしていると、お啓とお六が、それぞれの家から煮炊《にた》きの煙とともに路地に出てきて、「お帰り」とお勝に声を掛けた。

「伝兵衛さんに聞いたけど、お啓さんたち、こちらの仮住まいを承知してくれたんだってねぇ」

お勝が感心した声を出すと、

「行き場がなくなったお人を無下《むげ》に扱うと、後生《ごしょう》が悪いしさぁ」

お啓は苦笑いを洩《も》らし、お六は、

「こうやって寝込んでしまったらただの爺様だし、害がなけりゃ、二、三日置いてやってもいいと思ってね」

そう言うと、障子紙の小さな破れから家の中を覗いた。

「それにほら、ここで馬鹿なことをしたら、沢木先生がなんとかしてくれるだろうし、お勝さんの雷《かみなり》も落ちるから、『小兵衛店』にいたときのようにはいかないよぉ」

お啓はそう言うと、お六と顔を見合わせて頷き合った。

「ちょっと覗いていいかね」

お勝が小声で尋ねると、伝兵衛が小さく戸を開けた。

覗いたお勝の眼に、敷いた布団に仰向《あおむ》けになって眠る長三郎の横顔が映《うつ》った。

「何があるかわからないから、ここに仮住まいしたことは、小兵衛さんに頼んで、長三郎さんの請け人に知らせてもらうことにしましたよ」

伝兵衛からそんな話を聞いたお勝は、そっと戸を閉めた。

神田明神の歳の市がこの日で終わるという、二十一日の午後である。

『小兵衛店』を出た長三郎が『ごんげん長屋』に仮住まいを始めた翌日だった。

この日、根津権現門前町は朝から落ち着きのない空模様が続いた。広がった薄い雲が切れて日が顔を出したかと思うと、すぐに分厚い雲に覆《おお》われるということを繰り返したあげく、九つ（正午頃）の鐘《かね》が鳴るのと同時に空は黒雲に覆われてしまったのだ。

それほどの寒さではないことから、雪になる恐れはなかった。

そんな雲行きのせいか、『岩木屋』を訪れる客は昼頃までまばらで、帳場机に着いたお勝は算盤勘定《そろばんかんじょう》と帳面付けに専念できたし、手代の慶三は大量の紙縒《こよ》りを縒《よ》っていた。

「番頭さん、台所に行っておくれ」

暖簾を割って板の間に現れた吉之助から、そんな声が掛かってお勝が顔を上げると、

「道円先生の屋敷の大和田《おおわだ》さんが見えて、番頭さんに言付けがあるとお言いだから、帳場はわたしが」

「それじゃ、ここはお願いして」

腰を上げたお勝は、吉之助に軽く会釈をして暖簾を割り、廊下へと出た。

吉之助が口にした道円先生というのは、『岩木屋』から一町半（約百六十三メ

ートル）ほど離れたところに屋敷を構える、白岩道円という医師のことである。

白岩道円は備中庭瀬《びっちゅうにわせ》藩板倉《いたくら》家の江戸の藩医の一人だが、町人の怪我や病《やまい》も診《み》てくれる気さくな人物だった。

大和田というのは、見習い弟子から医師になった道円の高弟、大和田源吾《げんご》のことである。

お勝が台所に入ると、板張りに切られた囲炉裏《いろり》の傍で茶を飲んでいる大和田の姿が見えた。

「これはお勝さん、お呼び立てして申し訳ない」

湯呑を口から離した大和田が、軽く頭を下げた。

「いいんですよ」

片手を横に打ち振って、お勝も囲炉裏の傍に膝を揃える。

するとすぐ、台所女中のお民が茶を注いだ湯呑をお勝の膝元に置いた。

「さっそくですがお勝さん、さっき、『ごんげん長屋』の伝兵衛さんに呼ばれて、昨日から寝込んでる長三郎というお人を診てきましたよ」

「それはどうも、ご苦労様でございました」

お勝は、長三郎と同じ『ごんげん長屋』の住人として礼を述べた。

「この寒さと年から来る疲れなどから、風邪《かぜ》をひいたようですから、薬を飲んで一日二日じっと寝ていればよくなると思います」

そんな見立てをした大和田は、

「さっき、『ごんげん長屋』から帰ろうとしたら、大家の伝兵衛さんに、『岩木屋』のお勝さんに言付けをと頼まれたんですよ」

少し改まった。

「伺《うかが》います」

お勝もつい改まり、背筋を伸ばした。

「いや何も、たいそうな用件ではないんですよ。わたしが診た長三郎という病人の請け人が、今日の七つ時分（午後四時頃）に『ごんげん長屋』に来ることになっているということを、伝えてもらいたいということでして」

大和田はそう言うと、湯呑の茶を口に含んだ。

「それにしても、あの『ごんげん長屋』の伝兵衛さんが、よりによって大和田先生を使い走りにするなんて、礼儀に欠けますよ」

お民は眉間《みけん》に皺《しわ》を寄せて口先を尖らせた。

「そんなことはありませんよ、お民さん。道円先生のお屋敷とここは隣みたいなものですから」

大和田は笑ってそう言うと、

「道円先生などは、診察に行った先のお婆さんに頼まれて、目刺《めざ》しを一串《ひとくし》、魚屋に買いに走られたこともあるくらいですから、使い走りぐらいなんてことはありません」

残っていた湯呑の茶を一気に飲み干した。

「しかしまぁ、お大名のお抱え医師の道円先生が、目刺しを買いにねぇ」

お民がため息交じりに口を開くと、

「そこがそれ、道円先生のお人柄ですよ」

笑顔で言い切った大和田は、「さてと」と口にして腰を上げた。

「あ、そうだ。一昨日、怪我をして運ばれてきていた『小兵衛店』の大家の米治さんは、腕や足に痛みは残っているものの、動きに障《さわ》りはないということなので、昨日、自力で帰っていきましたので」

「そりゃよかった」

安堵《あんど》の声を出したお勝は、大和田に頭を下げた。

三

七つ時（午後四時頃）の根津権現門前町は、日暮れたようにどんよりと暗い。

分厚い雲は昼を過ぎても一向に切れず、依然《いぜん》として日が届かないのだ。

晴れていれば、傾《かたむ》いた西日を浴びている頃おいだった。

『ごんげん長屋』に仮住まいをすることになった長三郎の請け人が来るという言付けを医師の大和田から聞いたお勝は、店じまいより半刻《はんとき》（約一時間）前に『岩木屋』を出ていた。

帳場での仕事はあらかた片付けていたお勝は、あとを吉之助にまかせての早退だった。

『ごんげん長屋』に着いたお勝は、人気《ひとけ》のない井戸端を通り過ぎて、長三郎の家の戸をそっと引き開け、土間に足を踏み入れた。

家の中に明かりはなく、薄暗い板の間にこんもり盛り上がった夜具《やぐ》が見える。

誰が置いたのか、枕元には土瓶《どびん》と湯呑の載った盆があり、長三郎からは微《かす》かな寝息がしている。

伝兵衛の言付けを持って『岩木屋』に来た大和田を台所の外で見送った際、

「年の行った者が熱を出すと、食も細くなって体力を落とすことがあります」

そんな話を聞かされていたのだ。

下手をすると胸を悪くするし、心の臓に及ぶこともあるから、周りの者の眼が肝要《かんよう》だとも言われたことを、お勝は改めて思い返した。

「おっ母さん」

背後から声がして振り向くと、泥《どろ》のついた大根と葱《ねぎ》を載せた笊《ざる》を抱えたお琴が立っていた。

「長三郎さんの請け人さんが来ることになってってね」

「あぁ、その人ならここに来てすぐ、伝兵衛さんの家に行ったよ」

「そんならわたしも伝兵衛さんのとこに行くから、お前いつも通り夕餉の支度を頼むよ」

お勝が路地に出てそう言うと、

「まかせて」

お琴は笑顔で頷いた。

「それじゃ頼んだよ」

そう声を掛けたお勝は、井戸の脇を通って裏手へ足を向けた。

大家の伝兵衛の住む一軒家は、お勝たちが暮らす九尺三間《くしやくさんけん》の棟割《むねわり》長屋の裏側にある。

居間と寝間に、縁のついた座敷があり、独り者の伝兵衛には充分すぎる広さのある平屋だ。

「伝兵衛さん、勝ですが」

戸を開けて声を掛けると、

「入っておいでよ」

三和土《たたき》を上がった先にある居間から、伝兵衛の声が返ってきた。

下駄《げた》を脱いで框に上がると、「入りますよ」と声を掛けて、お勝は居間の中に身を入れた。

長火鉢の傍に着いた伝兵衛の向かいには、六十に手が届くぐらいの細身の男が膝を揃えていた。

「こちらが、長三郎さんの請け人の八十助《やそすけ》さんだよ」

伝兵衛が膝を揃えたお勝にそう言うと、すぐに、

「この人が、さっきから話をしていたお勝さんです」

八十助に引き合わせた。

「勝と申します」

「八十助でございます」

お互い挨拶《あいさつ》を交《か》わして、二人は頭を下げ合った。

「たった今、八十助さんと長三郎さんの関わりを聞いたところだったんだよ」

「あぁ、そうでしたか」

お勝が大きく頷くと、

「長三郎さんという人は、芝増上寺《しばぞうじょうじ》片門前《かたもんぜん》にある料理屋『中田屋《なかたや》』のご隠居で、先の主人だということだよ」

伝兵衛から、思いがけない話が飛び出した。

「八十助さんは、長三郎さんが後継《あとつ》ぎに店を譲るまで、その『中田屋』の番頭をしていた間柄だそうで、今は浅草瓦町《あさくさかわらまち》に夫婦で暮らしておいでなんだよ」

「さようでしたか」

そう口にして笑みを浮かべかけたお勝が、ふと首を捻《ひね》り、

「その料理屋の後継ぎというのは、どなたなんでしょう」

「旦那さんの一番上のお子ですが、それが何か」

八十助は、お勝の疑問にそう返答した。

「あのぅ、長三郎さんには実の息子さんがおいでになるのに、どうして八十助さんが請け人になられたのかと思いまして」

お勝がさらに不審を述べると、八十助は困惑の色を顔に滲《にじ》ませて軽く俯《うつむ》いた。

そして、

「七年ほど前に『中田屋』を継《つ》いだ長男の正太郎《しようたろう》さんと、隠居して大川端鉄砲洲の隠居所に引っ込んでいた旦那さんとの間に諍《いさか》いが起こりましてね」

八十助は軽く眼を落としたまま、絞《しぼ》り出すような声で経緯《いきさつ》を語り始めた。

それによると、何かにつけて自分の思い通りのやり方で『中田屋』を盛り立ててきた長三郎は、後継ぎの正太郎も父親のやり方を踏襲《とうしゆう》するものと思い込んでいたのだという。

最初の一年ほどは、おとなしくしていた正太郎だが、その後は長三郎が築《きず》き上げてきた手法を次々に破り、独自の商法を打ち出したのである。

奉公人の一挙手一投足《いつきよしゆいつとうそく》まで細かな指示で律《りつ》していた父親のやり方を変え、板場の者にまであれこれ注文を出すこともやめ、奉公人の末端《まつたん》にいる者からの声も聞くようにした。

板場では板場の頭《かしら》が若い衆の声を拾い上げ、奥向きの下女や女中たちの声は、各持ち場の女中頭《じょちゅうがしら》たちが聞いて番頭や主《あるじ》に伝えるかたちを取った。

するると、訪れる客たちの評判も高まり、板場の料理人たちの打ち出す新しい料理が、新たな客を呼ぶようになった。

だが、傍《はた》から見ていた長三郎にすれば、〈『中田屋』の格を落とす〉ように見え、〈品がない〉と言っては、正太郎と激しくぶつかるようになったのだ。

しかし、正太郎は怯《ひる》むことなく、長三郎に逆らって勘気《かんき》を被《こうむ》ったり嫌われたりして『中田屋』への出入りを禁止されていた酒屋や魚屋など、付き合いの古い出入りの業者との取り引きを次々と再開していったのである。

それ以来、長三郎が仕切っていた頃の『中田屋』より、今の方が女中たちが明るく生き生きとしていて〈心地よい〉と声を大にする客が多くなったという。

そんな評判を耳にしてから、長三郎は隠居所に引き籠《こ》もり、『中田屋』に近づくことはなかった。

親子の諍いに気を揉んでいた長三郎の女房は、心労が祟《たた》ったのか、二年前に死んだ。

一人になった長三郎は、ちょっとしたことに腹を立てたり、近隣の住人の些細《ささい》なことに理不尽な怒りをぶつけたり牙《きば》を剝《む》いたりするようになったようだ。

「親不孝な倅の世話になんかなるものか」

そんな言葉を吐いた長三郎が、鉄砲洲の隠居所を出て、八十助が探してきた『小兵衛店』に移り住んだのが、一年半前のことだった。

ことの顚末《てんまつ》を語り終えた八十助は、項垂《うなだ》れていた顔をさらに深く落とした。

「長三郎さんには、他に肉親はおいでじゃありませんか」

お勝が問いかけると、正太郎の弟と妹がいるとの返事があった。

「次男の仲之助《なかのすけ》さんは、日本橋照降町《てりふりちょう》の傘屋《かさや》の婿養子《むこようし》になられ、娘の安乃《やすの》さんは、滝野川《たきのがわ》の牛蒡《ごぼう》農家の跡取《あとと》りの嫁に」

八十助はそう話したものの、その二人についても何か曰《いわ》くがあるような物言いに感じられた。

「もし、長三郎さんが長く寝込むようなことになったら、その二人のどちらかが引き取ってくれますでしょうかねぇ」

伝兵衛が尋ねると、

「旦那様が長く寝込むようなことになるんでしょうか」

「いえ、そうなるということじゃありません。ただ、長三郎さんを診たお医者様によれば、年を取った人が熱を出して長引くと、他のところが悪くなったりすると仰いましたし、気をつけておきませんと」

お勝が丁寧《ていねい》な物言いをすると、八十助は小さく頷いて、

「仲之助さんと安乃さんが、旦那さんを引き取るとはどうも」

言葉を切ると、考えられないとでもいうように、小首を傾《かし》げた。

だがすぐに顔を上げると、

「旦那様に行き場がないときは、わたしが引き取ってお世話をしますので」

八十助はそう言い切った。

「ですが八十助さん、長三郎さんはどうして、他の二人のお子たちとも溝《みぞ》があるんですか。いえ何も詮索《せんさく》しようということじゃないんですがね」

身内の事情を聞き出すのは憚《はばか》られるようで、伝兵衛の様子に躊躇《ためら》いが見受けられた。

「もしこのまま寝込んで『ごんげん長屋』に居続けることになると、町役人《ちょうやくにん》に届け出て、身内の有無などを人別《にんべつ》に書き込まなくちゃなりませんのでね」

奉行所の同心《どうしん》や目明かしに知り合いのいるお勝は、伝兵衛の言うことは筋が通っていると得心した。

すると、小さく頷いた八十助が、

「昔話になりますが、仲之助さんには恋仲の娘さんがいらしたんですよ」

仲之助の事情を語り始めた。

恋仲の相手は、浜松町《はままつちょう》の仏具屋の一人娘だった。

仲之助はその娘と所帯を持てるなら、婿として仏具屋に入るつもりになっていた。

ところが、仏具屋は抹香臭《まっこうくさ》いだの辛気臭《しんきくさ》いだのと口にした長三郎は、仏具屋の娘とは強引に別れさせて、傘屋への婿入りを決めてしまったという。

「そして、娘の安乃さんは、祖父の代から『中田屋』に芋《いも》や牛蒡、青物を納《おさ》めていた百姓の跡取り息子の竹松《たけまつ》さんと、十四、五の時分から親しくしていたんです」

年頃になると、安乃の思いは恋心に変わり、いずれは竹松と夫婦になるだろうと、店の何人かの女中も八十助も、好もしくそう思っていた。

ところが、二人の仲に気づいた長三郎は烈火のごとく怒って、竹松の出入りを禁じ、青物類は別の青物商から仕入れることにしたのである。

それには安乃も怒り心頭に発し、『中田屋』を飛び出して、一旦は親戚の家に身を寄せたものの、滝野川の竹松のもとに走った。

それ以来、安乃からはなんの知らせもなかった。

しかし、密《ひそ》かに滝野川を訪れた正太郎が安乃と竹松に会い、母親にだけは妹の落ち着き先を知らせたという。

父親の意に逆らって家を飛び出した安乃のことは、長三郎はいまだに憎んでいるらしいと八十助は洩らした。

安乃が家を出てから十五年が経つが、その間、長三郎の口から安乃の名が出たことは一度もないということだった。

「今の安乃さんの様子を窺《うかが》い知ることはできませんが、仲之助さんや正太郎さんがいまだにしこりを抱えておいでだとすれば、旦那さんを引き取ることなどは、とても——」

八十助の言葉の最後は、消え入ってしまった。

「長三郎さんが、『ごんげん長屋』に仮住まいをしてることを、知らせることも無駄ですかねぇ」

お勝がそう持ちかけると、

「そりゃ、知らせるだけなら知らせてみますが、それでどうこうなるとは請け合えませんことで」

八十助は、暗い顔をしてため息をついた。

日は見えぬものの、『ごんげん長屋』の井戸端は夕方の光を浴びていた。

浅草瓦町へ帰るという八十助を表通りで見送った直後、雲が切れて通りが明るくなったのだ。

見送ったお勝が井戸端に戻ると、夕餉の支度をするお啓や藤七、彦次郎に交《ま》じって、お琴が釜《かま》を洗っていた。

「ご飯は炊《た》き終わったのかい」

お勝が問いかけると、

「うん。お櫃《ひつ》に移したから、明日の朝炊く分の支度」

お琴の口から、こともなげな声が返ってきた。

「あとは魚を焼くだけって言うから、感心するよ」

彦次郎が声を上げると、

「ほんと」

とお啓が受けた。

「お勝さんが今送っていったのは、そこで寝てるとっつぁんの請け人だそうだね」

物干し場の空《あ》き樽《だる》に腰掛けて煙草《たばこ》を喫《の》んでいた藤七から声が掛かった。

「長三郎さんに以前仕《つか》えていた番頭さんだそうだよ」

お勝が答えると、

『小兵衛店』の近辺で評判の悪かった人が住まうとなると、なんだか気詰まりだねぇ」

お啓は顔をしかめた。

「お啓さん、聞こえるよ」

彦次郎が、家の方を指さして小声で窘《たしな》めた。

すると、お啓は、

「足袋屋の治兵衛さんから聞いたけど、乾《かわ》いた道に水を撒《ま》いてた小僧さんにまで怒ったっていうじゃないかぁ」

声を低めて眉間に皺を寄せた。

「まぁ、あれだ。人の腹の中には虫がいるからね」

煙管《きせる》の灰を叩き落とした藤七が口を開くと、

「え。腹の中に虫がいるんですか」

お琴が眼を丸くした。

「いるんだよ。腹の虫が治まらないとかよく言うじゃないか。赤子が夜中に泣き出すのは、疳《かん》の虫のせいだとかさ。人は、いろんな虫を抱えてるんだよ。塞《ふさ》ぎの虫とか癇癪《かんしゃく》の虫、周りから嫌われるって奴は、腹の中に妙な虫を抱えてると、おれは思うがねぇ」

「へぇ、そりゃどんな虫だろうね」

お勝が興味を示すと、

「わがままの虫っていうのかねぇ。やることなすことが人から恨《うら》まれ憎まれ、本人からは幸せの虫が逃げていくから、残るのは不遇の虫だけってことになるんだよ」

藤七はそう言うと、空の煙管を口にしてぷっと息を通した。

そのとき、長三郎の家の戸が開き、忍び足で出たお富とお六が井戸の方へ近づいてきた。

「長三郎さん、具合でも悪いのかい」

お勝が小声で聞くと、

「ううん、さっきからずっと寝てる。だから、枕元に白湯《さゆ》を入れた土瓶を置いて、額《ひたい》の手拭《てぬぐ》いを替えてやったよ」

お富も小声で答えた。

　すると、その横で頷いたお六が、

「だって、ほっとけないからさぁ。ここで死なれでもして、『ごんげん長屋』の連中は鬼だなんて言われたら、嫌じゃありませんかぁ」

　そう囁いて、その場のみんなを見回した。

「そりゃそうだ。おれも、あのとっつぁんのことは気にかけることにしますよ」

　彦次郎の言葉を受けて、

「そうだねえ」

　お勝が声を上げると、その場の一同が頷いて、賛意を示した。

四

　大晦日まであと五日という根津権現社界隈《かいわい》は、慌《あわ》ただしさが増している。

　小僧を連れた坊主が、文字通り忙しく行《ゆ》き交《か》う様子が見られ、年越しの支度に飛び回る人々や墓参り帰りらしき家族の姿もあった。

　そのうえ、根津、千駄木、駒込村界隈を受け持つ、九番組の『つ』組や『れ』組の火消し人足たちが、それぞれ六、七人ずつに分かれて、表通りや裏通りを忙しく行き交っていた。

根津権現社をはじめ、出入りしている寺々の掃除などに駆け回っているようだ。

長三郎の請け人の八十助が、『ごんげん長屋』に現れた日の三日後である。

質舗『岩木屋』も、この日は朝から多くの人が押しかけた。

番頭のお勝も帳場机に腰を落ち着けてはいられず、手代の慶三ともども、客の対応に追われた。そのあまりの忙しさに、主《あるじ》の吉之助まで店に出たくらいだ。

その騒ぎも午後になると落ち着き、お勝は帳面付けに取り掛かり、客の対応も慶三一人で賄《まかな》えるようになっている。

「ありがとうございました」

慶三が、戸口から出ていく男の客に声を掛けると、

「どうかよいお年を」

お勝も帳場から声を出した。

戸が閉まるのを見て、お勝はすぐに帳面に眼を向けた。

「いらっしゃいませ。あ、番頭さん」

慶三の声にお勝が顔を上げると、外から入ってきたお琴の姿があった。

「何ごとだい」

「大家さんに頼まれて来たんだよ」

お琴はそう言うと、

「今朝、おっ母さんが長屋を出たあと、お六さんの隣の家に寝てた長三郎さんの具合がよくなったって、知らせるよう言いつかったから」

「あぁ、それはよかった」

安堵の声を口にしたお勝は、筆を硯箱《すずりばこ》に置く。

「それに、お富さんの作ったお粥《かゆ》を食べたんだって」

「ほう。食べられるようになったのかい」

お勝が笑みを浮かべると、

「だけどね、あの長三郎さん、お粥のお礼も世話になったみんなへのお礼も言わなかったんだよ」

お琴が不満げに口を尖らせた。

「その人の噂は番頭さんから聞いてたけど、お琴ちゃん、世の中にはそんな人ばかりじゃないから、安心おし」

質草に紙縒りを結びつけていた慶三からそんな言葉が出ると、

「慶三さん、いいことを言ってくれるじゃないか」

お勝が珍しく褒《ほ》めた。

「これから世間を知るお琴ちゃんが、がっかりするようなことは言えませんよ」

そう言うと、慶三は照れたように片手で髷《まげ》を撫《な》でた。

「それじゃわたしは」

声を上げると、お琴は急ぎ戸を開けて表へと出ていった。

その直後、

「はい。『岩木屋』さんは、ここです」

誰かに返事をするお琴の声が聞こえた。

するとほどなく、外から戸が開けられて、股引《ももひき》に草鞋姿《わらじすがた》の農夫が、菅笠《すげがさ》を手にして土間に立った。四十に手の届きそうな年頃の、日に焼けた男である。

「おいでなさいまし」

慶三が頭を下げると、

「こちらに、お勝さんという番頭さんがおいでだと、浅草瓦町の八十助さんに聞いたので、伺いました」

丁寧な物言いを聞いてお勝は帳場を立ち、土間近くで膝を揃え、

「勝はわたしですが」

農夫を見て頭を下げた。

「わたしは、滝野川の竹松という者です」

「やっぱり。八十助さんの名を聞いたときに、そうじゃないかと思いました。料理屋『中田屋』の先代の娘さんと所帯を持たれたという」

「はい。安乃と夫婦になって十五年になります」

竹松が、深々と頭を下げた。

「番頭さん、わたしは茶でも」

「あぁ、頼みますよ」

お勝が返答すると、慶三は立って、暖簾を割って台所の方に去っていく。

「まぁ、お掛けなさいな」

お勝が勧めると、竹松は軽く会釈して土間の框に腰を掛けた。

「今日こちらに参ったのは、滝野川に来た八十助さんから、安乃の父親が以前の『小兵衛店』にいられず、『ごんげん長屋』に世話になっているその顛末を聞きましたので、熱を出して寝込んだという父親がどんな様子かと、その後のことを伺いたく、こうして」

そう言うと、竹松は再び頭を下げた。

「こちらには、お一人で？」

「はい。子供らだけを残して家を出るわけにもいきませんので、今日はわたし一人で。でも、親父さんの様子を聞きに行くということは言わず、出入りさせていただいてる上野の料理屋さんに顔を出す用事があるとだけ言って出てきました」

「なるほど、そうでしたか」

お勝は呟《つぶや》くように声を洩らすと、

「さっき知らせがありまして、幸い長三郎さんの熱は下がって、『ごんげん長屋』の女子衆《おなご》の一人がこしらえた粥を食べたということですから、会いに行くとお言いなら、わたしが案内しますけれどねぇ」

穏やかな声音《こわね》で持ちかけた。

竹松は思案するように、一旦天井に向けた顔を伏せて、迷いがあるのか小首を傾《かし》げた。そして、

「いえ、会うことは、できません。会っても、出入りを差し止められたときの癇《かん》癪《しゃく》を思い出して、眼を見ることも口を利くこともできそうにありませんので」

「ですけど、わざわざこちらまで来て、このままっていうのは」

お勝が諭《さと》すように翻意《ほんい》を促《うなが》すと、

「行ってもどうせ、会うとは言いますまいし、怒鳴られるだけのことだと思いま

す」

　そう言うと、竹松は框から腰を上げた。

　そこへ、湯呑と土瓶を載せた盆を手にした慶三のあとから吉之助も現れて、お勝の近くに膝を揃えた。

「今、暖簾の陰で話を聞いてしまいましたが、こちらは例の、『小兵衛店』から『ごんげん長屋』に仮住まいをなすったというお人の？」

「娘さんの、ご亭主でして」

「あぁ、やっぱり」

　そう口にすると、吉之助は小さく頷いた。

「竹松さん、こちらは『岩木屋』の旦那でして、長三郎さんが住んでおいでだった『小兵衛店』の家主さんとも前々からのお知り合いなんですよ」

　お勝が明かすと、

「それは」

　竹松は吉之助に頭を下げた。

「義理のお父っつぁんとの因縁《いんねん》はいろいろあったようですが、うちの番頭さんが言うように、会ってみちゃいかがです。なぁに、話がなきゃ、しなくてもいいじやありませんか。一度顔を突き合わせてしまえば、今日はそのまま帰っても、次に繋《つな》がるってことがあるような気がしますがねぇ」

笑みを浮かべた吉之助が、まるで落語の人情噺《にんじょうばなし》のような話しっぷりをすると、竹松は顔を上げて何か言おうとした。

「帳場にはわたしが座りますから、番頭さんはこちらを『ごんげん長屋』にお連れしたらどうです」

「竹松さん、行きますか」

お勝が吉之助の勧めに応じて声を掛けると、竹松はまるで釣られたように頷いた。

根津権現門前町の表通りは乾いていて、大した風でもないのに土埃《つちぼこり》が立っている。そんな通りに、居酒屋『つつ井《い》』のお運び女のお筆《ふで》が、柄杓《ひしゃく》に汲《く》んだ水を自棄《やけ》のように撒いていた。

「お筆さん、ご苦労様」

竹松を伴《ともな》って通りかかったお勝が声を掛けると、

「お勝さぁん、たまには『ごんげん長屋』の呑《の》み助《すけ》どもを連れてきておくれよぉ」

お筆から大声が飛んできた。

「わたしは大晦日まで大忙しだから、藤七さんや彦次郎さんには勧めておきますよ」

返事をすると、お勝は竹松の先に立って、『ごんげん長屋』へ通じる小路に入った。

午後の日の射《さ》す小路を進んで井戸端に差しかかると、泥のついた大根を洗っているお琴と、物干し場の空き樽に腰掛けて煙草を喫《の》んでいる藤七の傍で、乾いた洗濯物を取り込んでいるお六の姿があった。

「あれ、おっ母さん」

お琴が声を出すと、お六からも藤七からも、今時分何ごとかというような声が上がった。

「長三郎さん、お粥を食べたとは聞いたけど、その後の様子はどんなだろうね」

誰にともなくお勝が尋ねると、

「わたしがさっき覗いたときは、伝兵衛さんから借りた火鉢に当たって静かにしてたけど」

お六からそんな声が返ってきた。

「もし、何かぶつくさ言って騒いだらひっぱたいてやろうかと思ったが、おとなしくしてるよ」

そう言った藤七が、

「こちらさんは、誰だい」

お勝が伴《ともな》ってきた竹松に眼を遣《や》った。

「ええ、ちょっとね」

曖昧《あいまい》に返答したお勝は、長三郎の家の戸口に立つ。

「お前さんは、ここで待っててておくれ」

竹松に小声でそう言うと、

「長三郎さん、入らせてもらいますよ」

返事を待つことなく戸を開けて土間に足を踏み入れて、お勝は戸を閉めた。

お六が言ったように、掻巻《かいまき》を着込んだ長三郎が板の間の火鉢に当たって横顔を見せていた。

「お粥を食べられたそうで、よかったじゃありませんか」

お勝の問いかけに、長三郎は声を出すことなく、ただ小さく頷いた。

「それでね、八十助さんからここに仮住まいをしたと聞いたお人が、長三郎さんを訪ねて見えてるんですけど、会ってみませんか」

「誰だね」

抑揚《よくよう》のない声を出した長三郎からは、興味があるようには窺えない。

「滝野川の、竹松というお人なんですけどね」

お勝の声に小さく首を捻った長三郎は、

「わたしは、知らないね」

と、掻巻の襟を軽く合わせた。

「ともかく、会ってみてくださいよ」

お勝は言うだけ言うと、長三郎の意向を聞くこともなく戸を開けて、

「お入りなさい」

竹松を土間に招き入れて戸を閉めた。

火鉢に両手を差し伸べていた長三郎が、土間の竹松に眼を向けたが、これという反応はなく、

「八十助からここにいると聞いたというのは、この人かね」

「竹松さんという名です」

お勝はそう返答した。

長三郎は、もう一度竹松に眼を向けたが、

「わたしに何か用でもおありなさるのかね」

面倒臭《めんどうくさ》そうに火箸《ひばし》を握ると、炭火を動かし始めた。

「もう、十五年ほど前になります。『中田屋』に芋や牛蒡《ごぼう》、青物を納めさせていただいていた者です」

竹松が静かに話し出すと、長三郎はちらりと土間の方を見た。

「旦那さんが台所裏においでになることはありませんでしたから、わたしの顔なんかおわかりにはならないでしょうが、わたしは、『中田屋』の表で、何度か見かけたこともありました。でも、一番最後は、裏口の路地で」

「滝野川と言ったか」

火箸を動かす手を止めた途端、長三郎が竹松の話を断《た》ち切った。

「はい」

「滝野川の、牛蒡農家の――？」

「はい」

竹松が頷くと、長三郎の眼が大きく見開かれた。

「わしの娘といい仲だったという、お前か」

「はい。夫婦になるという相手のわたしに腹を立てた旦那さんが、『中田屋』への出入りを止められた竹松です」

火鉢の傍の長三郎は、身動きひとつせず、竹松に眼を凝《こ》らした。

「仲を裂いたわしに、今になって仕返しにでも来たのか」

不穏《ふおん》なことを口にしたが、長三郎の声にはむしろ弱々しさが感じ取れた。

「いいえ」

竹松は静かに答えたが、

「あれが、家を出たあれが、安乃が、今どこでどうしているか、よもやあんたが知っているということは、あるまいねっ」

長三郎の口から、初めて情感がほとばしった。

「知っています」

竹松は、落ち着いて静かに答えた。

何か言おうと口を開けた長三郎だが、口を動かすだけで声は出ない。

「増上寺前の家を出た安乃さんは、一旦、駒込の叔母《おば》さんの家に行ったんです。そこにひと月ばかりいて、わたしの家に現れました。もう帰る家はないと言うので、滝野川の家に置きました。それからしばらくしておいでになった正太郎さんの勧めで、安乃と祝言《しゅうげん》を挙げました」

竹松の話に、お勝は引き込まれていた。

「それから何年も経って、旦那さんのあとを継いで主《あるじ》になった正太郎さんから、以前通り出入りをしてくれと言われましたので、それ以来、京橋の大根河岸などに荷を運びながら、五日に一度くらいは、『中田屋』に牛蒡や芋や人参《にんじん》をお届けしております」

穏やかな口ぶりの竹松は、さらに、

「正太郎さんの口利きもありまして、他の料理屋や旅籠《はたご》にも納めさせていただくようになっておりますので、贅沢《ぜいたく》はできないまでも、つつがなく日々を送っております。よほど安乃を連れてこようかと思いましたが、父親の意にそむいて家を飛び出した自分を、お父っつぁんは決して許さないだろうし、おっ母さんが死んだことも知らせなかったくらいだから、今でも怒りは消えていないはずだと、安乃が恐れるように呟いたことがありましたので、今日は一人でこちらに参りました」

そう言うと、竹松は長三郎の方に軽く頭を下げた。

が、火鉢の前でがっくりと首を折った長三郎は、固まったまま動かない。

「熱を出したあとと聞きましたので、長居をしちゃなんですから、わたしはここで」

再び頭を下げた竹松が、戸を開けて出ようとして、ぴくりとその足を止めた。

お勝は、路地に立っていた、三十を過ぎた農婦らしき女に眼を留めた。

五

絣《かすり》の着物の上から綿入れのねんねこ半纏《ばんてん》を羽織《はお》り、裾《すそ》を絞った山袴《やまばかま》を穿《は》いて路地に立っている農婦を見て、

「お前──」

土間に立ちすくんだ竹松の口からそんな言葉が出た。

続いて、

「やっぱり来てたんだね」

そう言って、農婦が笑みを見せた。

続いて、

「こっちだよ」

声を上げたお琴が、同い年くらいの娘と十《とお》くらいの男児を引き連れて現れた。

「お前たちまで」

竹松が声を洩らした。

「二人が、長屋っていうものを見たいって言うから、裏の方を回ってたんだよ」

お琴が、詫びるような物言いをした。

「何を見たんだ？」

竹松に聞かれると、娘は、

「家がいくつも繋がってた」

と笑みを浮かべ、男児は、

「鑿《のみ》を研《と》いでるおじさんがいた」

と眼を輝かせたから、おそらく研《と》ぎ師《し》の彦次郎の仕事を眼にしたのだろう。

「もしかして、安乃さんですか」

お勝が問いかけると、農婦は頷き、

「あなたが、八十助さんが世話になったという、お勝さんですね」

「はい」

お勝は、利発そうな笑みを浮かべた安乃に、はっきりと返事をした。

「しかし、どうしてここに」

竹松が呟くと、

「このところ思いつめた顔をしてたし、荷も持たずに出掛けたじゃないかぁ。それで、八十助さんが言っていた根津の『ごんげん長屋』に行くに違いないと踏んだんですよ」

安乃は白い歯を見せた。

「長三郎さん、外のおっ母さんと子供二人を家の中に入れますよ」

お勝がそう投げかけると、火鉢の前の長三郎は戸口の方を見ることもせず、ゴクリと生唾《なまつば》を呑《の》んだ。

「とにかくお入りなさいよ」

お勝は、安乃や二人の子の腕を取って、土間の中に引き入れた。

その気配はわかっているはずの長三郎だが、火鉢に向いている体を依然として動かそうとしない。

石像のように固まったままである。

「八十助さんから、熱を出したって聞いたけど、起きられたのね」

安乃が問いかけると、長三郎はまるで項垂《うなだ》れるように微かに首を曲げた。

もしかすると、問いかけに答えたのかもしれない。

「竹松さんが会いに行くのなら、いい折だと思って、わたしたちの子を連れてきたのよ」

そう言うと、安乃と竹松は、二人の子を前に立たせて長三郎の方に向けた。

「年が明ければ十五になるおゆきと、十一になる松吉《まつきち》です」

安乃が名を口にしたが、長三郎は軽く項垂れたまま、微動《びどう》だにしない。

「お前たち、名乗りなさい」

竹松に促されると、

「あたしは、ゆきです」

おゆきが先に口を開き、

「おれは、松吉」

と、弟が続いた。

しかし、固まったような長三郎からはなんの反応もない。

「あの人、ほんとの爺ちゃんだろう？」

松吉が不審を口にすると、

「あぁ、そうだよ」

安乃が答えて頷いた。

　すると、動かなかった長三郎が、恐る恐る土間の方に首を回し、親子四人にゆっくりと眼を遣《や》った。

「お父っつぁん、長いこと不義理して、すまなかったね」

　安乃が掠《かす》れた声を絞り出すと、娘家族に眼を凝らしていた長三郎の顔がみるみる歪《ゆが》み、両手で顔を覆うといきなり背中を向けた。

　すぐに、長三郎の口からウウウウと嗚咽《おえつ》が洩れ出たが、それがやがて、はっきりとした泣き声に変わった。

　その泣き声はさらに激しくなり、長三郎の肩は上下に大きく波打った。


『ごんげん長屋』は大晦日の朝を迎えている。

　朝餉を摂り終えたお勝が『岩木屋』へ出掛ける支度を始めると、瑞松院の手跡指南所へ通う幸助とお妙も、のんびりと持ち物を揃え始めた。

　手跡指南所は、今日が年内最後となる。

「わたしは寄るところもあるから、先に出るよ」

　お勝は、動きの鈍《にぶ》い幸助とお妙に声を掛けると、下駄に足を通して、土間近くに置いていた五本の牛蒡を紐《ひも》で縛った菰包《こもづつ》みふたつを胸に抱えた。

「刻限が来たらお行きよ」

幸助とお妙にそう言い残して、お勝は路地に出た。

何日か『ごんげん長屋』に仮住まいをしていた長三郎を、娘の安乃一家が訪ねてきたのは五日前のことだった。

それまで凍りついていた長三郎と竹松安乃夫婦の間は、その日のうちに解けた。

その翌日、竹松が曳《ひ》いてきた大八車に身ひとつで乗せられた長三郎は、滝野川の安乃の家に連れられていったのである。

おそらくそこが、長三郎の終《つい》の棲《す》み家《か》になるに違いないと思われる。

井戸の傍を通りかかったお勝が、

「おはよう」

井戸端で朝餉に使った鍋《なべ》や器《うつわ》を洗っているお啓とお富、泥のついた牛蒡を洗っているお琴や彦次郎に声を掛けた。

「お勝さん、昨日は牛蒡や里芋《さといも》をありがとう」

お啓からそんな声が掛かると、お富や彦次郎からも「ありがとう」「助かるよ」という声を向けられた。

お勝が長屋の住人全員に配った牛蒡と芋は、芝の料理屋『中田屋』に納めるために、滝野川から車を曳いて運んできた竹松が、お礼にとお勝のもとに届けてくれた代物だった。

その数が大量だったことから、竹松はおそらく長三郎が世話になった住人にという気持ちだと受け取って、昨日のうちに配っていたのである。

それでも余ったので、昨日は居酒屋『つつ井』のお筆にも配り、今日は目明かしの作造の家にも置いて、『岩木屋』の台所にも持っていくことにしたのだ。

「おはよう」

声を上げて路地の奥から現れたのは、沢木栄五郎と藤七である。

「お、お琴ちゃんも牛蒡だね」

「正月用に、今日のうちに煮ておくんです」

お琴が栄五郎に返答すると、

「そうだな。今日のうちに煮ておけば、あとが楽だな」

そう口にした藤七が、思い立ったように家に向かいかけた。

「藤七さん、あとでわたしが同じ鍋で煮ますから、牛蒡を洗うのはあとでいいですよ」

彦次郎から発せられた声に、

「そりゃ助かるね」

と額《ひたい》を叩いた藤七は、安堵したように腰の煙草入《たばこい》れを取った。

「しかしあれだねぇ。みんながみんな牛蒡や芋を煮て正月料理を作るとなると、どこの煮物が美味《おい》しいか食べ比べをしてみたいもんだねぇ」

「それは面白いね」

お富が、お啓の発案に賛意を示すと、

「それは是非、ご馳走《ちそう》に与《あずか》りたいものです」

栄五郎が、一同に向かって丁寧に頭を下げた。

「他人の煮物を食べるより、先生は早くご妻女《さいじょ》を迎えることですよ」

藤七からそんな声が掛かって、お琴や女たちから明るい笑い声が上がった。

「それじゃ、わたしは」

声を掛けて井戸端を離れたお勝は、早朝にもかかわらず人の往来の多い通りに出た。

商家や家の表には、大小さまざまな門松《かどまつ》が供《そな》えられ、注連飾《しめかざ》りが軒端《のきば》で揺れている。

早くも、近隣のお店者《たなもの》が足早に行き交う姿も見受けられる。

一年分か半年分かの売り掛けの代金を貰い受けようと、目指す家に急いでいるのだろう。

お勝は牛蒡の菰包みを抱えて歩きながら、長三郎のことがふと頭をよぎった。

「お父っつぁんが泣く姿を見たのは、生まれて初めてです」

父親と対面したあと、『ごんげん長屋』からの去り際、そんなことを安乃が口にしたのだ。

長三郎の腹に巣くっていた不遇の蟲《むし》のうちの少なくとも一匹だけは、あのとき流した涙で流れ落ちたのかもしれない。

そして、二人の倅との軋《きし》みを産んだ虫も、いずれは消え失《う》せてしまうような気がする。

お勝の頬《ほお》に何かが落ちた。

頬を撫でると、わずかな水滴だった。

小雪の粒である。

足を止めて見上げたお勝の眼には、青空が広がっていた。

どこか遠くで降った雪が流れてきたようだ。

掛け取りらしきお店者が脇を駆けていくのに釣られたように、お勝はゆっくりと足を踏み出した。

第四話　初春《はつはる》の客

一

年明け早々の江戸は、千代田《ちよだ》のお城に近い武家地は初登城の大名たちの行列で大いに賑《にぎ》わったそうだが、町人地は大晦日《おおみそか》の慌《あわ》ただしさが嘘《うそ》のように、どこもひっそりと静まり返っていた。

ただ、元日の暗いうちから、初日の出を見られる高台にある寺社や大川に架《か》かる橋の上には人が集まったと、お勝は質屋の客から耳にしていた。

商家の二日は初商《はつあきな》いとあって、買い物客が押しかける様子は、根津権現門前町のそこここで見受けられ、年始回りはこの日から始まる。芸事始《げいごとはじ》めの三日には、習いごとをする老若男女《ろうにゃくなんにょ》の姿もあった。

江戸の町が落ち着くのは、十四日の年越しと十六日の藪入《やぶい》りが過ぎた時分からというのが例年のことである。

正月七日のこの日、『ごんげん長屋』は七草粥《ななくさがゆ》の支度で、井戸端《いどばた》は朝から賑やかだった。

井戸端には、お勝をはじめお富やお啓、女手がない彦次郎や沢木栄五郎が七草を洗ったり、米を研《と》いだりしている。お勝の向かいに住むお六は、いつもの通り暗いうちに長屋を出て、今時分は、河岸《かし》で仕入れた青物《あおもの》を売り歩いているに違いないのだ。

お啓の亭主の辰之助も、植木の手入れにと暗いうちから長屋を出たし、火消し人足《にんそく》をしているお富の亭主の岩造は、九番組『れ』組の鳶頭《とびがしら》の家にと飛び出していったばかりである。

先刻から、歯磨きや顔を洗い終えて物干し場に集まっていた左官の庄次、十八五文《とおはちごもん》の鶴太郎、それに町小使《まちこづかい》の藤七たちの話し声が、洗い場の女たちにも途切れ途切れに届いていた。

「さっきから、こそこそなんの話をしてるんですよぉ」

「岡場所がどうこうなんてさぁ」

お啓とお富が洗い物の手を動かしながら、物干し場の男たちに声を掛けた。

「どこかの妓楼《ぎろう》に揚《あ》がろうっていう相談だろうよ」

彦次郎が明るく口を挟むと、

「違うよ、彦次郎のとっつぁん。いや、昨夜、表の『つつ井』で鶴太郎さんと飲んでたんだよ。そしたら、ね」

庄次は話の途中で、鶴太郎にあとを投げかけた。

「そうだなぁ、刻限はほどなく四つ（午後十時頃）っていう遅い時分だったが、表の通りや裏通りを、何人もの人の足が慌《あわ》ただしく走り回る音がしたんですよ」

「そうそう。ときどき、いたか、いねぇなんて、男たちの殺気立った声がしてたから、妓楼で遊んだものの、金を払わずに逃げた客を捜し回っていたんじゃないかなって話でしてね」

鶴太郎からの話を再び引き継《つ》いだ庄次が、そう締めくくった。

「なるほど。岡場所の騒動ですか」

釣瓶《つるべ》を引き上げた栄五郎が、得心《とくしん》したように口を開いた。

すると庄次は、

「おれはそう思うんだが、はっきりとはわからねぇな」

自信なさげに首を捻《ひね》った。

「この辺りじゃ、そんな騒ぎは珍しくもねぇからなぁ」

あっさりと口にした藤七は、煙草入《たばこい》れを帯から外した。

『ごんげん長屋』のある根津権現門前町と隣の宮永町には、名だたる岡場所があった。

したがって、様々な出来事が持ち上がる。

女郎が客に刺されたり、客同士が喧嘩《けんか》したり、女郎と手に手を取って逃げ出す男もいるので、お勝をはじめ、『ごんげん長屋』の住人には、岡場所の騒ぎなどさして珍しいことではなかった。

「さてと、お粥を作ろうかね」

お勝は、洗った七草を載せた笊《ざる》を手にして腰を上げた。

質舗『岩木屋』が初商いをしたのは、例年通り正月の二日だった。

いつも店を開ける五つ（午前八時頃）の四半刻《しはんとき》（約三十分）前には奉公人一同で掃除をしたり、店の板張りの火鉢《ひばち》に熾《お》きた炭を置いて鉄瓶《てつびん》を載せたりするのだが、七日の今朝はいつもより早く終えて、裏にある台所の板張りに集まった。

そこには、主人の吉之助と女房のおふじ、番頭のお勝と手代の慶三、蔵番の茂平、修繕係の要助、車曳《くるまひ》きの弥太郎、それに台所女中のお民が打ち揃《うそろ》い、『岩木屋』

の新年の恒例である祝いの七草粥をいただいた。

昼を過ぎても、店はさして忙しくはなかった。

年明け早々、質入れに来たり請《う》け出しに来たりする客は多くはないが、損料《そんりょう》貸《が》しの品を借りに来る客はそこそこあった。

正月は、普段は遠くに住んでいる家族が年賀に現れることが重なる。

役職を持つ武家屋敷には、下役が挨拶《あいさつ》に訪れる。

蔵に什器《じゅうき》が置いてある家ならいいが、中級下級の武家は、年に一、二度しか使わない物を買い揃えておくことはせず、損料貸しの認可を得ている質屋の品物で間に合わせることが多かった。

ほんの少し前から届いていた八つ（午後二時頃）を知らせる時《とき》の鐘《かね》が、ようやく打ち終えたようだ。

帳場格子《ちょうばごうし》に近い板張りに膝《ひざ》を揃えたお勝は、土間の框《かまち》に腰掛けた武家の下男だという老僕《ろうぼく》の湯呑《ゆのみ》に土瓶《どびん》の茶を注ぎ足しながら、

「そろそろ品物は車に積み終わると思いますので、もう少しお待ちを」

そう言い終わったとき、出入り口の腰高障子《こしだかしょうじ》が外から開けられた。

土間の中に顔を突き入れた手代の慶三が、

「土橋《どばし》家の使いのお人、荷を積んだ大八車は店の前に回しますので」

そう声を掛けると、老僕は「おっ」という声とともに腰を上げて、開いた戸口から表へと出た。するとすぐ、車曳きの弥太郎が顔を覗《のぞ》かせた。

「それじゃ番頭さん、駒込千駄木の土橋家に行ってきますんで」

「頼むよ」

お勝は、顔を覗かせた弥太郎にそう声を掛けると、「へい」という声が返ってきた。

大八車の車輪の音が遠ざかると、

「こりゃ親分」

表で声を上げた慶三が土間に入り、あとから姿を現した目明かしの作造を中に通して、戸を閉めた。

「お勝さん、ちょっと奥へ」

作造は入るなりそう言うと、土間の奥へと向かった。

帳場から腰を上げたお勝が、

「土瓶の茶は今注いだばかりだからね」

通り過ぎざま、慶三にそう言うと、

「おれに構うことはねぇよ」

作造は慶三に向かって手を振って、框に腰を掛けた。

お勝は腰掛けた作造の傍《そば》に膝を揃えると、

「何か」

小声で尋ねる。

「今朝方、谷中三崎町《やなかさんさきちょう》の竜谷寺《りゅうこくじ》に行き倒れの女がいると知らせがあって、朝のうちに白岩道円先生のお屋敷に運んだんだよ」

そう切り出した作造に、お勝は小さく頷《うなず》いた。

「まだ息はあるんだが、気を失ったままでね。事情はわからねぇが、着てる物や装《な》りから、夜鷹《よたか》じゃねぇかと思うんだがね」

作造が口にした夜鷹とは、町外れの暗がりに立って男に声を掛けて体を売る女のことである。

「顔以外の手足に折檻《せっかん》を受けたような痕《あと》があるから、女たちを抱えてる連中から逃げ出したのかもしれないね」

「それで、わたしに話というのは」

お勝が声を低めて問いかけると、

「昼過ぎにその女の様子を見に行ったら、うわ言を口にして、か細い声でこう言ったんだよ、『おことちゃん、ごめん』って」

作造が低い声でそう言い、

「聞いたことのある名だと思ったら、お勝さんとこのお琴ちゃんとおんなじ名なんだよ。なんか関わりでもあるんじゃないかと思って、知らせに来たんだがね」

さらにそう付け加えると、九年前の神田の火事のとき、奉公人の女に連れられて根津権現社に避難してきた当時五つのお琴が、その場で孤児になった出来事を口にして、作造は何か繋《つな》がりがあるのではないかと語ったのだ。

「その女、年は二十代の半ばを超したくらいだから、親ということはないだろうが、気になったので知らせに来たんだよ」

と、作造はお勝を訪ねた理由を告げた。

お勝もいささか気になるので、『岩木屋』の仕事帰りに道円屋敷に寄ってみると答え、教えてくれた作造に礼を言った。

『岩木屋』での勤めを終えたお勝は、その帰り、白岩道円の屋敷に足を向けた。

寄り道をすることは、湯島《ゆしま》切通《きりどおし》片町《かたまち》に帰る弥太郎に、『ごんげん長屋』の子供たちに伝えてもらうよう頼んでいた。

道円屋敷は、『岩木屋』からほど近い、神主屋敷《かんぬしやしき》の南端近くにある。

薬医門《やくいもん》を潜《くぐ》り、式台《しきだい》で案内を乞《こ》うと、奥から大股で現れた大和田源吾が、

「お」

と声を発して、

「作造親分から、お勝さんも見えるだろうと聞いていましたから、さ、どうぞ」

上がるよう促《うなが》した。

お勝は、白岩道円の片腕とも言うべき大和田に導かれて、夕日の射《さ》し込む一間に入った。

この部屋は、医師たちの療治部屋《りょうじべや》の近くにあって、屋敷にとどまって療治を受ける者が寝かされる一間だった。

敷かれた布団には意識が朦朧《もうろう》としたような女が仰向《あおむ》けになっており、白岩道円が女の瞼《まぶた》を開いて眼球を覗き込んでいる。

「そこへどうぞ」

大和田に促されたお勝が、布団の近くで膝を揃えていた作造の横に並んで座ると、大和田自身は道円の背後に控えた。

「脈を診てくれんか」

道円は大和田に代脈《だいみやく》を指示すると、お勝と作造に顔を向けた。

「この女子《おなご》はどういう暮らしをしていたのかわからないが、あちこちが弱ってるんだよ」

静かな声で語りかけた道円は、嘆《なげ》かわしそうに首を傾《かし》げた。

「そうですか」

お勝が答えると、軽く「うん」と唸《うな》った道円は、

「苛酷《かこく》な勤めと、まともに物を食べておらぬせいで、まったく滋養《じよう》が足りておらぬな。少し前に脈を取ろうとこの腕を摑《つか》んだら、眼を瞑《つぶ》ったまま、すみませんと言うんだ。おまけに、もう逃げません、堪忍《かんにん》してくださいとも、うわ言を洩《も》らした」

「そうですか」

作造が、道円の話に大きく頷いた。

先刻、『岩木屋』にやってきて、行き倒れになった女の装《な》りなどから、夜鷹ではないかと推測していた作造にすれば、道円の意見はその裏付けとも言えるものだろう。

昨夜、居酒屋『つつ井』で飲んでいた庄次や鶴太郎が、表通りを駆け回る男たちの足音や怒鳴り声を聞いたと言っていたが、あれは、眼の前に寝ている女が引き起こした騒ぎではなかったかとも思える。

かたかたと板戸が開けられて、隣の部屋から娘が一人出てきて、部屋の中のお勝たちをゆっくりと見回した。

「ゆっくりと眠れたようだね」

脈を取り終えた大和田が笑顔を向けると、

「ありがとうございました」

小さな風呂敷包《ふろしきづつ》みを提《さ》げ、着物の上から綿入れのちゃんちゃんこを着ている娘は、立ったまま一同に向かって丁寧《ていねい》に頭を下げた。

「この娘はお栄《えい》といって、例の竜谷寺の鐘楼《しょうろう》で気を失って座り込んでたこの病人を見つけて、寺男に知らせてくれたんだよ」

作造がお勝に教えると、お栄という娘はその場に膝を揃えて、

「気になってここまでついてきたら、隣の部屋で寝てしまいました。道円先生、大和田先生、皆さん方、申し訳ないことをしました」

素直な物言いをすると、両手をついた。

「気にすることはないよ」

大和田が笑って声を掛けると、

「朝早くから動き回って、あんたは疲れてしまったんだよ」

道円はお栄に笑みを向けた。

「それでは、わたしはこの辺りで引き揚《あ》げさせていただきます」

軽く低頭《ていとう》して立ち上がった途端、お栄の腹がグッと鳴った。

すると、ははははと笑ったお栄は腹に手をやって、

「朝からなんにも食べてなかったもんだから」

と、屈託《くったく》のない声を上げた。

お勝が尋ねると、

「お前さん、これからどこへ行くんだい」

「先日、住み込みをしていた奉公先がなくなったばかりなので、これという当てはないのです。だけど、持ち合わせはありますから、今夜はこの辺りの旅籠《はたご》に泊まります」

お栄の物言いは、どこまでも明るかった。

悲惨《ひさん》な状況も、楽しんでいるようにすら聞こえる。

「お前さん、今夜はうちの長屋においでよ」

にわかに興味を持ったお勝は、お栄にそう声を掛けた。

「『ごんげん長屋』ですか」

「この間から、空き家がふたつありまして」

お勝が、『ごんげん長屋』の名を口にした道円に返答すると、

「あなた様は、長屋の家主さんなのでしょうか」

お栄は、まじまじとお勝を見た。

「いえね」

慌てたお勝が事情を口にしようとすると、

「この人は、お勝さんという長屋の住人なんだがね、家主さんにも顔の利《き》く頼もしいお人なんだよ」

作造が口を挟んだ。

「そのうえ世話焼きで、たまに雷《かみなり》を落とすこともあるから怖くもあるが、娘さん、今日はこのお勝さんに甘えるといいよ」

笑顔の道円が口を利くと、

「そしたら、甘えさせていただきます」

お栄は、お勝に向かって頭を下げた。

二

『ごんげん長屋』にはすっかり夜の帳《とばり》が下りていた。

湯桶《ゆおけ》を抱えたお栄とともに井戸端を通り過ぎたお勝は、路地の先で足を止めた。

お栄が一晩泊まることになっていた家の戸口の障子に明かりが映《うつ》っていた。

「誰かいるのかい」

声を掛けて障子戸を引くと、

「お帰り」

土間の框に腰掛けていたお琴が笑顔で迎え、行灯《あんどん》の灯《とも》った板の間には夜具《やぐ》が置かれて、大家の伝兵衛と隣に住むお六が、殺風景《さっぷうけい》な家の中を見回していた。

「夕餉《ゆうげ》を摂《と》ってすぐ湯屋《ゆや》に行ったたって、お琴ちゃんから聞いたもんだから、伝兵衛さんやお琴ちゃんたちと夜具や行灯なんかを運び入れましてね」

そう告げたお六の足元近くでは、小さな火鉢に載った鉄瓶が湯気を立ち上らせている。

「いろいろと、ありがとうございました」

土間を上がったお栄は相変わらず律義《りちぎ》に、その場にいたみんなに礼を述べた。

「しかし、夕餉はちゃんと足りたのかい」

伝兵衛が気を回したので、

「えぇ」

と、お勝は頷き、道円屋敷からの帰り道に煮売り屋《にうや》の煮魚や屋台の寿司《すし》などを買ったのだと話して安心させた。

「だけどわたしは、お琴さんが作ったっていう里芋《さといも》とこんにゃくの煮物の方が、美味《おい》しかったです」

お栄が真顔で口を開くと、

「ほんと？」

お琴が相好《そうごう》を崩した。

「ごめんなさいよ」

聞き覚えのある男の声がしてすぐ、治兵衛が恐る恐る顔を突き入れた。

「あ、お帰り」

お勝が声を掛けると、

「空き家に明かりが見えたもんですから、何ごとかかと」

見回した治兵衛は、板の間に膝を揃えているお栄に眼を留めた。

「道円先生のところで知り合ったお栄さんなんだけど、今夜、ここに泊まることになったんですよ」

お勝がそう言うと、

「この人は、ここの向かいに住んでる、足袋屋《たびや》の番頭の治兵衛さん」

お琴がお栄と治兵衛を引き合わせた。

「一晩、お世話になります」

「いやいや、それはそれは。ではわたしは」

治兵衛は慌ててお栄に頭を下げると、顔を引っ込めた。

「わたしはお栄さんとちょっと話があるから、お琴は帰って、幸助たちと寝る支度をしておくれ」

「うん」

お琴が框から腰を上げると、

「それじゃ、わたしらも」

そう言った伝兵衛は、お六とともに土間に下り、お琴たち三人は「おやすみ」と銘々《めいめい》が口にして、路地へと出ていった。

お勝とお栄の二人になった家の中が、急に静まり返った。

ほどなく五つ（午後八時頃）になろうかという刻限である。

框に腰を掛けたお勝は、

「話といっても、別に詮索《せんさく》するつもりはないんだよ。だけど、住み込みの奉公先を出たら、なんだか泊まるところもないようなことを言ってたから、気になったんだよ」

そう切り出した。

「あぁ」

屈託のない声を出すと、お栄は大きく頷いた。

「江戸には、泊まれるような家がないってことなのかい」

「はい」

お勝の問いかけに、迷いも見せず返事をしたお栄は、つい最近まで、下谷稲荷《したやいなり》町横丁《ちょうよこちょう》の漬物問屋《つけものどんや》で住み込みの台所女中をしていたのだと明かした。

ところが七日前、その漬物問屋の主《あるじ》一家が、突然いなくなったという。

その日のうちに何人もの借金取りがやってきたことから、お栄ら奉公人たちは、主一家は借財の返済に行き詰まった末に夜逃げしたに違いないという意見に落ち着いたのだ。

そのあげく、漬物問屋の家と土地は金貸したちの持ち物になるので、奉公人たちの出入りは差し止められた。

通いの奉公人たちは住む家があったが、困ったのは住み込みの手代や小僧、お栄ら女中たちだった。

風呂敷包みひとつ抱えて奉公先を出る羽目になったお栄は、何日か旅籠で過ごしたのち、顔馴染《かおなじ》みになっていた口入れ屋から斡旋《あっせん》された石屋に向かうべく、今朝早くから谷中へ行ったのだった。

「その石屋は、感応寺って寺の近くだと聞いていたので安心していたら、谷中は坂下から坂の上までお寺ばっかりで、どこが感応寺だか、わかりゃしない。それで、通りがかりの人に感応寺の場所を聞いてやっと近くに行くと、石屋のある町の名がわからなくなってしまって。だってね、似たような町の名がいっぱいあったんです。感応寺表門前町《かんのうじおもてもんぜんまち》、感応寺新門前町《かんのうじしんもんぜんちょう》、中門前町《なかもんぜんちょう》、古門前町《こもんぜんちょう》ってな具合に。仕方なくその辺を歩き回ってるうちに、さすがに足が疲れたので、坂の途中の小さなお寺に入って、鐘楼の石段に腰掛けました。そしたら、鐘楼の屋根の下で、柵《さく》にもたれかかっていた女の人を見つけたんです」

お栄が口にした小さな寺というのが、昼間、目明かしの作造から聞いた竜谷寺のことだろう。

「表門前とか新門前とか、似たような町のどこかにある、『石辰《いしたつ》』っていう石屋に行けば、雇ってもらえるはずだったんです」

お栄はそう打ち明けたが、行き倒れの女を見つけて知らせに走ったことを、悔《く》いているような様子は微塵《みじん》もない。

「明日になったら、その石屋をもう一度探しますけど、一日遅れで来るような者を受け入れてくれるかどうか」

少し不安を覗かせたが、お栄はすぐに笑みを浮かべた。

「お栄さん、生まれはどこだい」

「武州熊谷《ぶしゆうくまがや》です」

笑みを浮かべたまま、お栄は答えた。

「江戸には、いつ出てきたんだい」

「十五の年に。だから、今から四年前です」

「そう。そのときから、下谷の漬物問屋に奉公してたんだね」

そんなお勝の問いかけに、お栄は少し口ごもった。

「江戸に来た頃は、いろいろしてて」

お栄の歯切れが急に悪くなったところで、

「さぁ、今日は疲れただろうから、ゆっくり休むといいよ」

問いかけをきっぱりと打ち切って、お勝は腰を上げた。


根津権現門前町の表通りは、半刻《はんとき》（約一時間）ほど前に昇った朝日を浴びていた。

昨夜は雪が降ったものか、家々の屋根に残っていた水滴がきらきらと光を跳ね返している。

人通りの多い道の真ん中は足や荷車の轍《わだち》に踏み固められており、雪の痕跡《こんせき》などまったくない。

積もるほどの雪ではなかったようだ。

仕事先の質舗『岩木屋』へ向かっているお勝は、綿入れのちゃんちゃんこを身に纏《まと》ったお栄と連れ立って『ごんげん長屋』を出ていた。

夜が明けると同時に目覚めたお勝が、米を研ぎに井戸へ行くと、昨日着ていた着物に着替えたお栄が、洗った顔を拭《ふ》いているところだった。

お互いに「おはよう」と声を交《か》わすと、お勝は井戸の水を汲《く》み上げて米の入った釜《かま》に水を注ぎ、研ぎ出した。

「よく眠れたかい」

お勝が問いかけると、

「昨夜あれからすぐに寝て、ちゃんと眠れました」

笑みを浮かべて、お栄から明るい声が返ってきた。

「暗いうちに眼が覚めたら、隣のお六さんは、天秤棒担《てんびんぼうかつ》いで家を出ていきました」

「お六さんは青物売りだから、暗いうちに京橋や本所の河岸へ行って青物や大根なんかを仕入れるんだよ。早く行かないと、いい品物がなくなるからさ」

「へぇ」

お勝とお栄がそんなやりとりをしていると、お富とお啓も現れて朝餉の支度に取り掛かった。

「お、みんな早いね」

道具袋を肩に下げた左官の庄次が、井戸端で足を止めた。

「早いのは、いつものことだよぉ」

お啓から元気な声が上がると、

「そりゃ、そうでした」

おどけた声を張り上げた庄次が、「それじゃ」と口にして表へと駆けていった。

「おはよう」

褞袍《どてら》を羽織《はお》った藤七が、煙管《きせる》を咥《くわ》えたままやってきた。

「おはよう」

お勝たちも一斉に挨拶の声を返すと、藤七は物干し場近くの空《あ》き樽《だる》に腰掛けて、大きく煙を吐き出した。そして、

「お前さん、昨日よりも元気そうな顔をしてるじゃないか」

お栄に向かって声を掛けた。

お勝が昨日、道円屋敷からお栄を連れてきたとき、湯屋から帰ってきた藤七と彦次郎とは顔を合わせていた。

「そうだお栄さん、この藤七さんに聞けばいいんだよ」

米を研ぐ手を止めて、お勝が声を上げた。

「何をですか」

「ほら、昨日行くはずだった谷中の石屋だよ」

「藤七さんがご存じでしょうか」

そう言って、お栄が首を傾げると、

「この藤七さんは、町小使を生業《なりわい》にして歩き回っている人だから、界隈《かいわい》の奥の奥まで知ってるんだよ」

お富が大いに請け合った。

「藤七さん、谷中感応寺近くに、『石辰』って石屋があるのをご存じじゃありませんかねぇ」

お勝が石屋の名を口にすると、

「石屋の辰平《たつへい》さんとこなら、感応寺古門前町だよ」

藤七からすぐに答えが返ってきたのである。

その町なら、お勝も道順は知っていた。

その後、お勝はお栄に、お琴ら三人の子供たちとともに朝餉を摂らせた。

するとお栄は、世話になった人たちに挨拶をしたいと言って、長屋に残っていた住人みんなにお礼の言葉を述べて『ごんげん長屋』を出たのである。

お栄を伴《ともな》ったお勝は、根津元御屋敷と呼ばれる武家地の東側を流れる水路沿いの道を、三浦坂の方へ向かっていた。

「ここが三浦坂だよ」

水路に架かる小橋の袂《たもと》に立ち止まったお勝は、谷中の台地へと上る坂道を示した。

お栄も立ち止まると、地名と道筋の記された紙切れを懐《ふところ》から出して、『みうらさか』という文字を指でさす。

「そうそう。この先が谷中西寺町《やなかにしてらまち》で、そこから紙に書いた通り、いくつか角を曲がれば、右手に古門前町があるから」

「わかりました」

笑顔でそう言うと、

「何から何までお世話になって、ありがとうございました」

お栄は少し改まった。

「なんの。こっちこそ、朝餉作りの手伝いまでさせてしまってねぇ」

「いいえ。お琴さんたちと一緒にやれて、わたしも楽しかったです。食べ物を作るのは、好きなんです」

お栄から力強い声が返ってくると、お勝は大きく頷いた。

「そしたら、わたしはここで」

「奉公が無事決まったら、教えておくれよ」

「はい」

返事をして、お栄は坂道を上り始めた。

「それに、『石辰』さんで働くようになったら、谷中と根津は隣近所なんだから、いつでもうちに顔をお出しよ」

お勝が声を張り上げると、振り向いて片手を挙げたお栄は、美作勝山藩《みまさかかつやま》三浦《みうら》家下屋敷前の坂を力強く上っていった。

三

『岩木屋』の建物の西側に扉ひとつで繋がっている蔵は二階建てになっている。
一、二階は、預かった質草《しちぐさ》の保管場所となっているが、一階の半分ほどは、損料貸しに供《きょう》する様々な什器《じゅうき》、道具、着物などが置かれていた。
質草は預かる期間が決まっているので、頻繁《ひんぱん》に出し入れをすることは少ない。

だが、損料貸しの品々を求める客はいきなり現れて、三月四月《みつきよつき》という長い期間借りていくこともあるが、多くは、ほんの二、三日とか、今日一日借り受けたいという人を相手にしている。

したがって、損料貸しの品は、出し入れが楽な一階に置いておくことになっていた。

明かり取りから午後の日の射し込む蔵の一階の床には、この日、車曳きの弥太郎が引き取ってきた損料貸しの品々が置かれており、お勝と蔵番の茂平、修繕係の要助が、品々の仕分けをしていた。

この日引き取ってきたのは、盃台《さかずきだい》と盃などの酒器、足付きの膳《ぜん》が八つに燈台《とうだい》ふたつ、衝立《ついたて》二枚だった。

貸した品物に瑕疵《かし》があった際は、修繕係の要助が、蔵の一角にある作業場で修繕を施《ほどこ》すことになっているので、目利き《めき》の三人が見て仕分けをしていた。

その作業が大方片付いたとき、

「店に作造親分の下っ引きの久助《きゅうすけ》さんが、番頭さんに話があると言って来てますが」

顔を出した手代の慶三から声が掛かった。

「ここはもう目途《めど》がついたから、番頭さん、あとはもうおれたちで」

茂平に促されると、

「それじゃ、あとは頼みますよ」

腰を上げたお勝は、慶三に続いて蔵を出て、廊下伝いに店へと向かう。

暖簾《のれん》を割って帳場のある板張りに出ると、

「久助さん」

帳場机に着いていた吉之助が、土間の框に腰掛けていた久助に声を掛けて、お勝と慶三を手で示す。

久助は急いで立ち上がると、白岩道円の屋敷に寝かされていた行き倒れの女が、たった今気がついて薄眼を開けたので、作造の指示で知らせに来たと述べた。

「番頭さん、ここはわたしが」

「それでは、お言葉に甘えまして」

吉之助の申し出をありがたく受けたお勝は、裏に回って下駄《げた》を履くと、白岩道円の屋敷へと足を向けた。

屋敷の門を潜ったお勝は、案内を乞うこともなく式台を上がって、廊下の奥へ足を向ける。

「勝ですが」

女が寝かされている部屋の外で声を掛けると、「どうぞ」という大和田の声を聞いて、お勝は部屋の中に入って板戸を閉めた。

行き倒れの女が寝ている枕元には大和田が座っており、足元の方には作造が胡坐《あぐら》をかいて控えていた。

「久助さんは自身番に詰めると言うので、『岩木屋』の表で別れましたから」

お勝の声に頷くと、

「さっき、ほんの少し口を利いたんだよ。ここが医者の家だと大和田先生が伝えたら、小さく頷いて、すぐまた眼を閉じてしまって」

作造が、寝ている女の方を眼で示した。

「お、また眼を開けた」

枕元の大和田が、女の顔を見て呟《つぶや》いた。

お勝と作造が首を伸ばすと、薄眼を開けていた女が、さらに大きく眼を開けた。

「この声が聞こえるかね」

大和田が女の耳元で尋ねると、女は眼を動かして、小さく頷いた。

「お前さん、名は何というね」

「ひわ」

女は、大和田の顔に眼を留めて答えた。

「住まいはどこだね」

大和田のその問いかけに、おひわという女は微《かす》かに躊躇《ためら》いを見せた。

「言いたくないのかね」

「言うと、そこに知らせに行くんでしょ」

おひわは、抑揚《よくよう》のない弱々しい声を洩らした。

「いや。医者は病人の側に立つから、嫌だということは決してしないよ」

大和田が静かに語りかけると、ほんの少し思案したおひわは、

「新堀村北久保《にっぽりむらきたくぼ》」

とだけ、口にした。

「なるほど」

作造の口からそんな呟きが洩れた。

「ここは、どこですか」

ゆっくりと見回したおひわが、掠《かす》れた声を出した。

「さっきも言ったが、医者の家だよ。根津の医師、白岩道円先生のお屋敷で、わたしはそこの医者で大和田源吾だ」

「あたしは、どうしてここに寝てるんですか」

おひわは依然《いぜん》として、抑揚のない声だった。

「谷中の寺で倒れているお前さんがここに運ばれてから、丸一日が経《た》ってるよ」

大和田が答えると、

「根津って――根津権現様のある、あの根津だろうか」

「あぁ、そうだ」

大和田は笑顔で頷いた。

すると、息を吸ったおひわの口から、大きな吐息が洩れ出た。

「わたしはちょっと、薬の調合があるので薬部屋に行きますが、聞くことがあればどうぞ」

お勝と作造にそう言って立ち上がった大和田は、

「湯冷ましと湯呑は置いてありますから、もし飲みたいと言ったら」

「わたしが飲ませてやりますから」

お勝が、言葉の途中でそう請け合うと、「では」と言って大和田は部屋をあとにした。

仰向けのおひわが胸を上下させて、眼を開けたまま大きな呼吸をした。

「権現様にはあたし、恐ろしくて近づけなかったのに――その近くで倒れるなんて、なんの因果《いんが》だろ」

おひわの口から気になっていた言葉が出たので、お勝と作造は枕元に膝を進めた。

「どうして権現様が恐ろしいんだね」

　作造が静かに問いかけると、

「だいぶ前、八、九年くらい前、奉公してた神田のお店の近くで火事があったんだ。その夜、お店のお嬢さんの手を引いて、下谷御成街道《したやおなりかいどう》を通って、根津の権現様に逃げたんだ」

「え」

　思わず声を出したお勝は、作造と眼を見合わせた。

「それで」

　声を低めたお勝が、身を乗り出した。

「権現様のあの広い境内《けいだい》が、火事から逃げてきた人たちでいっぱいになりましてね」

　そこで一旦言葉を切ると、大きく息継《いきつ》ぎをしておひわは話を続ける。

「逃げてきた人たちの話だと、火元の神田はひどい燃え方だそうで、あたし、お店がどうなったか、そのことが心配になったんですよ」

　気を揉《も》んだおひわは、四つ（午後十時頃）の鐘が鳴ったあと、店の様子を見てくるからと、連れてきた娘を境内に残して神田へ向かったという。

しかし、神田花房町《かんだはなぶさちょう》へは、人混みと炎の熱と煙に阻《はば》まれて近づけなかった。

それでもなんとか近づこうとしたが、火消し人足に怒鳴られて追い払われた。

その後は、近くの暗がりに座り込んで火事の成り行きを見ていたと語った。

夜明け近くになって、神田界隈の火は小さくなった。

だが、奉公していた店も、近所の商家も焼けて、知った人の消息はまったくわからない。

そのうち、多くの人が焼け死んだり怪我《けが》をしたという話が聞こえてくるようになると、おひわは恐怖に襲われた。

そして、日が昇る頃、ようやく根津へと向かったのだ。

下谷御成街道は、火事見物や避難していた人たちで混み合っていた。

そんな人の波を掻《か》き分けて根津権現に戻ると、逃げていた者たちはほとんどが姿を消していた。

「あたしは、お琴ちゃんを置いていった清水観音《きよみずかんのん》のお堂前に駆けつけたけど、いなかった。境内のあちこちを走り回ったけど、見つけられなかった。もしかして厠《かわや》に行ったのかもしれないと思って、しばらく観音堂の近くで待ったけど、とうとう、会えなかった」

おひわはそこで、また大きく息を継いだ。

「あたしは、仕方なく、神田花房町に戻ったんだよ。そしたら町役人の人たちが、筆屋《ふでや》『華舟堂《はなふねどう》』の旦那さんとおかみさんが焼け死んだと話しているのが聞こえました」

そう言うと、おひわは、ぎゅっと眼を閉じた。

おひわが連れて逃げた娘というのは、今年十四になったお琴に違いないと思われる。

お勝はそう確信していた。

当時五つのお琴が、根津権現社の境内に独りでいるのを社《やしろ》の者が見つけたのは、火事の翌日の夕刻だった。お琴の首には『神田花房町　琴』と記された迷子札《まいごふだ》があったから、お勝が育てたお琴に違いない。捜し回ったおひわが出会えなかったのは、不運と言うほかあるまい。

布団で眼を瞑《つぶ》っていたおひわが、ゆっくりと眼を開けると、

「お琴ちゃんとはぐれてからのことは、今はぼんやりとしか覚えてないんだよ。神田に戻っても住むところはなくなり、どうやって日を過ごしていたか――でも、

はぐれさせたお琴ちゃんのことは、ときどき、無性に思い出しますよ。あのあと、どこでどうしたんだろうか。そのことを思い出すと、辛《つら》くて」

涙声になったおひわは、ゆっくりと体を回して、お勝と作造に背を向けた。


『岩木屋』に戻るお勝は、作造とともに道円屋敷をあとにした。

薬医門《やくいもん》を出て、神主屋敷の角まで進んだところでお勝が足を止めると、

「ね、親分」

「何か」

作造も立ち止まった。

「さっき部屋で、おひわさんが住むところは新堀村北久保だと言ったら、なるほどと口になさいましたが、それはどういうことなんです」

「あぁ、あれかぁ」

作造は小さく頷くと、新堀村や根津に近い下駒込村《しもこまごめむら》などにかぎらず、上野東叡山の北側の谷中本村《やなかほんむら》、金杉村《かなすぎむら》には田圃《たんぼ》や林があって、多くの無人の荒れた百姓家があるのだと話を続けた。

夜鷹たちは、そんな無人の荒れ家に何人かずつ住まわされ、夜になると塒《ねぐら》を出

て、商売になる男たちを漁《あさ》りに行くのだという。

北久保の近くの道灌山《どうかんやま》は眺《なが》めもよく、虫聞《むしき》きや月見で賑わう行楽地《こうらくち》だから、酒に酔った男たちには事欠かない。そのうえ、根津の岡場所に繰り出したものの、ことはならずにむしゃくしゃと帰途《きと》に就《つ》く男を暗がりで待ち伏せするには格好の地であった。

「逃げ出す女もいるが、捕まって折檻《せっかん》されるか、途方に暮れて川に身を投げる女もいるんだ。そんな仲間の行く末を目の当《ま》たりにしてるから、行き場のない女たちは、雨洩《あまも》りがしようが夜風が吹き込もうが、そんなあばら家でも我慢して暮らしてるんだよ」

作造の話を聞いて、お勝は声もなく頷いた。

「それとお勝さん、『ごんげん長屋』に引き取って育ててるお琴ちゃんは、道円屋敷で寝てた女が話したお店《たな》の子に違いないね」

作造が口にしたそのことにも、お勝は黙って頷いた。

「だが、今さらお琴ちゃんに言ってみたところで、詮無《せんな》いことだよ。実の二親《ふたおや》も家も火事で失ってるんだ。親はもう、この世にはお勝さん一人なんだよ。それでいいじゃありませんか」

「そうだね」

そう返事をしたお勝は、小さく笑みを浮かべた。

「それじゃ、おれは」

軽く片手を挙げた作造は、四《よ》つ辻《つじ》を東の方へと向かった。


本郷の台地に日が沈んでから半刻ほどが経った『ごんげん長屋』の井戸端は、夜の帳《とばり》に覆《おお》われつつあった。

だが、路地にこぼれている家々の明かりが、井戸の辺りを仄明《ほのあか》るくしてくれている。

お勝は、夕餉で使った茶碗や鍋《なべ》などを洗うお琴と並んで、明朝炊《た》く米を研いでいた。

子供たちが食べ終えた頃『岩木屋』から帰ってきたお勝は、一人で夕餉を済ませて、井戸端に出てきたのだった。

お勝とお琴の向かい側では、左官の庄次と十八五文《とおはちごもん》の鶴太郎が、足を洗っている。

「足袋を穿《は》いていても、足の指の間に砂が溜《た》まるってのは、どういうこったろうね」

鶴太郎がぼやきながら洗っていると、

「鶴太郎さん、いくら足袋とはいえ、細かい砂埃《すなぼこり》が縫い目の隙間《すきま》をすり抜けて足の指に辿《たど》り着くんですよぉ」

庄次がそう言うと、

「庄次さん、それは本当のことですか」

お琴が声を発した。

「さぁ、改まってそう聞かれると困っちまうがね」

「お琴ちゃんは、そういうことはないのかい」

鶴太郎に尋ねられたお琴は首を捻り、

「ありません」

と答えた。

「だけど、庄次さんが言うのも、一理あるような気がするよ」

お勝が口を挟んだ。

「でしょう」

庄次が声を張った。

「ほら、帳場に座って仕事をするわたしや、家のことで動き回るお琴だと、泥《どろ》の道を歩くことがないから砂埃を立てることもないじゃないか。だけど、うちの車曳きの弥太郎さんなんかは、一日に二度三度と車を曳けば、足袋の中に砂が入り込むというからねぇ」

「あぁ、なるほどねぇ」

そう口にした鶴太郎は、草履《ぞうり》を両手に持って叩くと井戸端の板の上に置き、水《みず》気《け》を拭いた両足を草履に載せた。

「さて、足は洗ったし、湯屋へ行って、帰りは『つつ井』だな」

鶴太郎が独り言を洩らすと、

「おれも付き合いますよ」

庄次が声を上げた。

「それじゃ、あとで声を掛けるぜ」

そう言うと、鶴太郎は路地の奥へと向かい、庄次は井戸のすぐ傍の家へ入っていった。

米を研ぎ終えたお勝が、まだお琴が手をつけていない茶碗を洗い始める。

「昼間、千駄木の団子坂《だんござか》の方から、半鐘《はんしょう》の音がしたんだよ」

思いついたようにお勝が口を開くと、

「火事だったの」

お琴から屈託のない声が返ってきた。

「火事じゃなかったようだけど、ふと昔のことを思い出してしまってさ」

「昔って？」

お琴は手を動かしつつ声を出した。

「ほら、九年前の火事のとき、お前、家の女中さんに連れられて根津権現社に逃げてきたって言ってたじゃないか」

「うん。はぐれてしまったけど」

お琴は、そう言うと小さく笑った。

「お前、その女中さんのことなんか、覚えてるのかい」

「どうして？」

手を止めたお琴が、初めてお勝に眼を向けた。

「ううん、ただ、なんとなく、そんなことをふっと――」

お勝は、曖昧《あいまい》に誤魔化《ごまか》して茶碗を洗う。

「名は、たしか、おひわさん」

「へぇ」

お勝の声が、少し掠れた。

「優しかったなぁ」

顔を上げると、お琴はふふっと笑い声を洩らし、

「生まれ在所《ざいしよ》が、武州の都筑郡《つづきぐん》でね、あるときそこの実家で生《な》ったからって、おひわさんに柿《かき》が送られてきたんだ。分けてくれたその柿が、美味しかったなぁ」

笑みの残った顔をお勝に向けた。

「へぇ。そうかい」

お勝も笑みを浮かべた。

そのとき、乱れたような足音が近づいてきて、湯桶を脇に抱えたお六が、足元の覚束《おぼつか》ないお栄を片手で抱えるようにして井戸端にやってきた。

「何ごとだね」

立ち上がったお勝が手を貸すと、

「『たから湯《ゆ》』の入り口の脇で、ぐったりしてたんですよぉ」

お六が少しよろけたが、お勝がお栄の帯を摑んで踏ん張り、なんとか倒れるのを防いだ。

四

お勝とお六、それに藤七が見ている眼の前で、お栄は湯漬《ゆづ》けを口に搔き込んでいる。

箱膳《はこぜん》に置かれた小皿の大根の漬物も口に入れるとパリパリと嚙《か》み、さらに湯漬けを頰張《ほおば》る。

「つまり、お前さんが言うには、今朝、谷中の『石辰』に行ったら、昨日顔を出すはずのお前さんが来なかったから、急ぎ昨日のうちに別の女を雇い入れたと言われたんだな」

藤七が尋ねると、湯漬けを口に含んだまま、お栄は大きく頷いた。

「『たから湯』の表で聞いたら、行くところがなくなったからどうしようと上野界隈をうろついてたら、疲れと空きっ腹で動けなくなったなんて言うじゃないか。ほんと呆《あき》れるよ」

口では呆れると言いながら、お六は土瓶の茶をお栄の湯呑に注いでやった。

「ごめんよぉ」

伝兵衛の声がしたかと思うと、中から返事をする間もなく戸が開いて、伝兵衛に続いて、お富とお啓が土間に入り込んだ。

「昨夜、あんたが使った夜具は、伝兵衛さんのとこから隣に運び入れたから、いつでも寝られるよ」

お啓が言うと、

「炭火を置いた火鉢と水を入れた鉄瓶も置いてあるから、火鉢に載せて寝た方が暖まるよ」

お富がすかさず続けた。

「ありがとうございます。また一晩、お世話になります」

箸《はし》と茶碗を手にしたまま、お栄は頭を下げた。

「お六さんは暗いうちにここを出るし、お富さんお啓さんはご亭主を送り出さなきゃならないから何かと忙しいんで、お前さんの朝餉はわたしが用意するから、心配しなくていいからね」

伝兵衛の声に、

「何から何まで、ご厄介《やっかい》をおかけしてすみません」

箸を置いたお栄は、「ごちそうさまでした」と口にして深々と頭を下げた。

「それじゃ、あたしらはこれで」

お啓が戸を開けると、「おやすみ」と声を掛けて、お富と伝兵衛も路地に出た。

「さて、おれも引き揚げるか」

そう言うと、藤七がゆっくりと腰を上げた。

「これはあたしが持ち帰って洗っておきます」

そう言ってお栄が箱膳を持とうとすると、お六が手で押さえ、

「これくらいわたしが洗うから、隣へ行ってゆっくりおし」

と、口にした。

「お六さんは明日も早いし、お言葉に甘えて隣へ移ろうかね。少しお栄さんから話も聞きたいし」

お勝がそう言うと、お栄は頷いた。

お勝とお栄は辞去《じきょ》の挨拶をすると、お六の家を出て、隣の空き家に移った。

お栄の寝る場所には小さな枕行灯《まくらあんどん》が灯《とも》っていて、火鉢には鉄瓶が載っていた。

「いえね、この先、住むところもなく、どうするつもりなのかと、お栄さんの腹積もりを聞こうと思ったんだよ」

お勝は、火鉢を挟んで膝を揃えたお栄に、静かに問いかけた。

「あたしも、どうしようかと思うんだけど、これという考えがなくて」

お栄は首を捻ると、火鉢に差し出した両手を揉み合わせた。

「実家があるなら、熊谷に帰ったらどうなんだい」

「家はあるけど、帰りたくありません」

お栄が、いつになく強い口調で答えると、

「帰りません」

きっぱりと言い切った。

その様子から、何か帰れないわけがあるのかと思ったが、それには触れず、

「眠いだろうから、わたしは」

お勝はそう言って立ち上がろうとした。

「うちの家業は、粉屋《こなや》でした」

お栄がいきなり口を開くと、お勝は上げかけていた腰をゆっくりと下ろした。

「米や麦、豆を挽き臼《うす》で挽《ひ》いて粉にして売る商いです。兄もあたしも、小さい時分から豆挽《まめひ》き米挽《こめひ》きの手伝いをさせられましたけど、辛いことはありませんでした。けど、あたしが十一のときに、お父っつぁんが死にました」

父親の死後、お栄は三つ違いの兄とともに、母親の手足になって、それこそ、「粉まみれになって働いた」という。

その翌年、親戚の者の口利きで、母親は亭主を迎えた。婿《むこ》を取ったわけではなかったが、粉挽きの場所も道具もある家に、男が入るかたちになった。

兄は家を出て、同じ熊谷宿の鍛冶屋《かじや》に住み込み奉公をしていたので、男手が必要になっていたのだ。

「十四になった頃でした。義理のお父っつぁんが、おっ母さんの眼を盗んで、あたしの胸や尻を触るようになったんです」

お栄はまるで、溜めていた重いものをぶつけるかのように、吐き出した。

「そのことをおっ母さんに言うと、『可愛がってくれてるんだよ』と言うばかりでした。でも、十五の夏、行水《ぎょうずい》をしていたあたしを、義理のお父っつぁんがじっと見ているのに気づいたんです」

お栄はそう言うと、そのとき初めて、義父に恐怖を覚えたとも明かした。

そしてすぐ、家を出る支度を始めた。

母親に内緒で檀那寺《だんなでら》の和尚《おしよう》に宗門人別《しゆうもんにんべつ》を書いてもらい、その年、家を飛び出したのだと打ち明けた。

荒川《あらかわ》から江戸に向かう荷船に乗せてもらったお栄は、浅草で船を下りた。

江戸で何かをするという当ても住むところもなかったお栄は、たちまち夜露《よつゆ》を凌《しの》ぐ場所にも困り、空腹に襲われた。

そんなとき、浅草寺脇の火除地《ひよけち》の荒れ家を塒《ねぐら》にしている孤児の一団に声を掛けられて、寝起きをともにするようになったことで、食べる術《すべ》や生きる術を少しずつ会得《えとく》していったのだと、お栄は述懐《じゅっかい》した。

「火除地で暮らすようになって半年ばかりした頃でした。仲間の男の一人が孤児同士の諍《いさか》いで、刃物で刺し殺されると、仲間は散り散りになってしまったんです」

生きる術を会得したと言ったものの、お栄の術というのは、寺社の床下や楼門《ろうもん》などに潜《もぐ》り込んで眠ることであり、働いて稼ぐということではなかった。

十六になったある寒い日の夕刻、食べ物探しをしていたお栄は、冷たい路上で倒れたという。

「気がついたら夜になってて、竈《かまど》で燃える火が見えました。竈のある土間の三畳くらいの板の間に寝かされていたんです。そしたら、板の間の隣の部屋から白髪《しらが》で真っ白のお爺さんが出てきて、『飯を食うか』と言ったんです。腹を空かせてるって言ったら、お爺さんは土間に下りて、俎板《まないた》で包丁《ほうちょう》を使ったり、動き回ったりしたあと、起き上がったあたしの眼の前に『食え』と言って、湯気の立つお粥《かゆ》を置いてくれました。あたし、ふうふう言いながら、食べました。刻《きざ》んだ葱《ねぎ》の味がしたから、美味しいお粥だって言ったら、『塩と葱を混ぜただけの雑炊《ぞうすい》だ』って教えてくれました。そのあと、あたし、食べながら泣きました。美味しさと温かさに、食べ終わってからも、涙が止まりませんでした」

お栄が、白髪の老爺《ろうや》の家が小さな飯屋だと知ったのは、翌朝のことだった。

帰り際、何か仕事を探すつもりだと言うと、

「仕事を探すには、口入れ屋に頼むことだ」

と教えられて、本所回向院横の飯屋をあとにしたのだった。

「あたしには、人別の書付もあったし、粉挽きもできたので、住み込みの仕事はすぐに見つかりました。それから一年が経った十七の正月、藪入りの日に『葱《ねぎ》飯《めし》』のお爺さんのところに行くと、暖簾もなく、竈《かまど》の煙もなく、物音もありませんでした。近所の人に尋ねたら、半年前に病《やまい》で死んだということでした。本所から下谷の漬物問屋に帰る道々、あたしは決めたんです。いつかあたしも、人を温かくできて、喜んでもらえるような飯を出す店を持ちたいって。それにはお金がいるから、お金が貯まるまでは住み込み奉公を続けようと働いてたのに、肝心《かんじん》の奉公先がなくなってしまって」

自分の半生を大まかに話し終えると、お栄の口から大きなため息が出た。

「話を聞いていてふと思いついたんだけど、お前さん、料理屋で住み込み奉公をする気はあるかい」

お勝が問いかけると、

「そりゃ、食べ物に縁のあるところで働けるっていうのは、ありがたいです」

そう答えたお栄は、

「お勝さんには、そういう料理屋に心当たりでもあるんですか」

真剣な面持《おもも》ちで問い返した。

「あるんだけどね、先方が、まだ人を雇いたいかどうか聞いてみてからのことになるね」

「よろしくお願いします」

お栄は膝に手を置いて、頭を下げた。

「明日の朝、先方に行ってみるから、それまで『ごんげん長屋』にいておくれ」

そう言うと、お勝は腰を上げて路地に出た。

お勝が口にした料理屋というのは、『喜多村』のことである。

昨年の冬に、のっぴきならない事情で女中が二人も辞《や》めて、女中頭《じょちゅうがしら》のお照が困っていたのを思い出したのだ。

女中の補充がなったのかどうか、明朝、『喜多村』に足を運ぼうと決めて、お勝は我が家の戸を引き開けた。

料理屋『喜多村』の帳場に日が射している。

日が昇って四半刻ばかり経った頃おいだが、谷中の台地にある『喜多村』は、『ごんげん長屋』より早く朝日に包まれる。

店を開ける前の『喜多村』の中は、しんと静まり返っていた。

客が出入りする戸口は三和土《たたき》になっており、履物を脱いで板張りに上がると、奥へ通じる廊下が二方に延び、二階へ上がる階段の下に長火鉢《ながひばち》の置かれた帳場があった。

長火鉢の周りには、隠居の惣右衛門をはじめ、その娘である女将《おかみ》の利世《りよ》、女中頭のお照が居並び、それらと向かい合う形でお勝とお栄が膝を揃えていた。利世の亭主で、店の主《あるじ》の与市郎《よいちろう》は、あいにく昨日から留守にしているという。

お勝は当初、今朝早く一人で『喜多村』に行き、お栄と会う了解を得たら、その刻限を取り決めるだけのつもりだった。

しかし、それでは二度手間になると思い、早めの朝餉を摂ったお勝とお栄は、『ごんげん長屋』からほど近い谷中善光寺前町の『喜多村』へと二人で向かったのである。

昼席の客を受け入れる『喜多村』の板場が動き出すのは、以前から五つ（午前八時頃）からと決まっていた。

しかし、主一家も住み込みの奉公人たちも日の出とともに起き出して、掃除や朝餉の支度に取り掛かるので、お勝とお栄が裏口で声を掛けた頃には、建物の中には人の動きがあった。

お勝がお栄を伴《ともな》ったわけを女中頭のお照に告げると、ほどなく二人が待つ帳場に、惣右衛門、利世、お照の三人が姿を見せたのである。

そして、お栄が江戸に来た経緯《いきさつ》を大まかに話し終えたところであった。

「お前さんが、熊谷を出たわけも、江戸に来てから今日までの来《こ》し方《かた》も、葱飯を食べさせてくれた飯屋のお爺さんへの思いも、そんな食べ物を作りたいという熱い思いも、よくわかりました」

初めに口を開いた利世がそう言うと、傍《かたわ》らに控えていたお照が大きく頷いた。

「葱飯、ねぇ」

そう口にした惣右衛門は、想像がつきかねるのか、小さく首を捻る。

「あたしが作りたい葱飯は、回向院横のお爺さんが作ってくれたものとは少し違うんです」

「聞きたいもんだわ」

利世がそう言うと、お栄はコクリと頷いた。

「あたしの葱飯は、米の飯でも麦でもいいんです。葱を細切りにして、まず飯に交《ま》ぜて椀《わん》によそいます。そこに、細かく刻んだ油揚《あぶらあ》げ、焼《や》き椎茸《しいたけ》の細切り、焼いた白身魚の身をむしって載せたら、刻みの海苔《のり》をぱらりとかけ、最後に熱い薄味のだし汁をかけます。寒い時季なら、擂《す》った生姜《しょうが》を足せば体が温かくなります」

「ほう」

惣右衛門の口から、感心したような声が洩れ出た。

「いつかあたしが開く飯屋では、五目飯《ごもくめし》も山吹飯《やまぶきめし》も出すつもりです」

お栄がそう切り出すと、惣右衛門も利世も、どんなことを語るのかと注視して待った。

「あたしの山吹飯は、色味を出したいので、白米にします。研いだ米に、乾《かわ》かして刻んだ山吹の花を入れて炊きます。炊き上がったら、茹《ゆ》でた鶏卵《けいらん》の黄身だけを細かく潰したものを飯に載せ、芹《せり》や三つ葉《みつば》を刻んで、白ごまと一緒に山吹色になった米の上に散らして、掻き混ぜたら椀に盛りつけます。そのまま食べてもいいし、それにだし汁をかけて食べてもいいんです」

一気に話すと、お栄は大きく息を継いだ。

話を聞いた惣右衛門たちは、出来た飯の様子を思い浮かべてでもいるのか、虚空《こくう》を見つめて思案に耽《ふけ》っている。

「あの、飯の出来不出来はともかく、この子を雇い入れていただけるかどうかを伺《うかが》いたいのですが」

お勝が話を元に戻すと、

「あ、それだけど、お栄さんには、板前さんたちの仕事ぶりが見られる台所女中を務《つと》めてもらいますよ」

利世はそう言い切った。

「え。あたし、雇っていただけるんですか」

「お父っつぁん、いいよね？」

利世が問いかけると、

「女将が決めればいいことだよ」

惣右衛門は、お栄とお勝に笑みを向けた。

「でもねお勝さん、ほんの少し前、女中を一人雇い入れたもので、住み込みの部屋が五人になってしまって、これ以上は無理なんですよ」

ため息交《ま》じりで顔をしかめたお照は、詫《わ》びるように両手を合わせた。

「あたしは、通いでも構いません」

お栄が勢い込んで返す。

「店賃《たなちん》はうちで持つから、どこか近くに長屋を見つけてくれるといいんだけどね」

利世がそう言うと、

「けど、すぐに見つかるかどうかですよ、女将さん」

お照まで、困りきった声を出した。

「見つかりますよ。というか、今、『ごんげん長屋』には空き家がふたつあるじゃないですか」

お勝が言うと、

「そうだよ、『ごんげん長屋』だよ。探すことなんかないんだよ」

口にした惣右衛門は、自分の太腿《ふともも》の辺りを右手で叩いた。

するとお栄は、その場にひれ伏し、

「ありがたいことでございます。地獄に仏とはこのことでございます」

と、口にした。

「仏様より、根津においでの権現様のご利益《りやく》でしょうよ」

そう言って利世が笑うと、

「権現様の他に、かみなり様まで加わったに違いないよ」

惣右衛門がすかさずそう続けた。

それには、利世もお照も大きく相槌《あいづち》を打った。

「かみなり様もですか」

お栄がぽかんとした顔で呟きを洩らすと、惣右衛門、利世、お照の三人は笑い声を上げた。

五

下駄の音を立てたお勝が、神主屋敷の塀《へい》に沿って急いでいる。

今朝、お栄とともに料理屋『喜多村』に赴《おもむ》いたあと、質舗『岩木屋』が店を開ける刻限には間に合って、番頭の仕事に就いていた。

台所女中として『喜多村』に雇われることになったお栄は、この日のうちに他の奉公人たちにお披露目《ひろめ》される段取りになっている。

そのお栄が『ごんげん長屋』に住んで『喜多村』に通うという件は、大家の伝兵衛から住人たちに伝えられることになったのである。

中天《ちゅうてん》に昇っていた日が、いくらか西に傾《かたむ》いている。

あと四半刻ほどで八つ（午後二時頃）という時分に、医師の白岩道円屋敷の下女が『岩木屋』にやってきて、

「寝ていたおひわさんの容体《ようだい》がおかしい」

との道円からの言付けを受け取ったお勝は、帳場を吉之助に託して『岩木屋』を飛び出したのだった。

道円屋敷の門を潜ったお勝は式台から上がると、おひわが寝かされている部屋へ素早く入った。

枕元に座った道円が、横たわっているおひわの手を取って脈を診ており、足元の方で神妙に膝を揃えていた作造が、

「おれにも知らせが来たもんだから」

と、座るよう手で促されるまま、お勝は枕元近くに膝を揃えた。

うっすらと眼を開けているおひわの顔には、精気というものが薄れている。

「先生」

お勝が声を掛けると、

「脈に、力がないのだよ」

道円から気遣《きづか》わしげな声が返ってきた。

「おひわさん」

お勝は、思わず呼びかけた。

すると、おひわが薄眼を少し見開いて、

「お勝さんの声だ」

「あぁ、そうだよ」

お勝はおひわの耳元で答えた。

すると、

「あのね」

おひわが小声を出した。

「なんだい」

お勝は、おひわの口元に耳を近づける。

「あたしが、こんな身になったのは、罰だね」

「どうしてだい」

　お勝が尋ねると、

「ずっと以前の火事の夜、あたし、お店から連れてきたお琴ちゃんを、権現様の境内に置いていったんだ」

「あぁ、聞いたよ。お店の様子が気になって、見に行ったんだろう？」

　お勝が耳元で囁《ささや》くと、おひわが、ゆっくりと首を左右に振った。

「違うのかい」

「お店の様子を見たいのもあったけど——ほんとはね、ほんとは、お店の向かいの、桶屋《おけや》で住み込み修業をしていた秀造《ひでぞう》さんが、無事かどうか、それを——それを確かめたかった。それで、お琴ちゃんに嘘《うそ》をついて、境内に残したんだ——あの夜、お琴ちゃん、きっと、心細かったろうなぁ。すまなかったよ——取り返しのつかないこと、してしまった——あたしに罰が下っても仕方ないけど——お琴ちゃんだけは、無事で——いてほしいな」

　弱々しい声でそこまで話すと、おひわの目尻から涙がひと筋、こぼれ落ちた。

　お勝は、おひわの耳元に口を近づけると、

「お琴ちゃんは、生きてるよ」

そう囁いた。

するとおひわは、見開いた眼をゆっくりとお勝に向けた。

「この町で」

お勝の言葉に、おひわの眼がさらに大きくなった。

「この前、話をしたら、おひわさんのこと、覚えていたよ。優しい人だったたって。都筑郡のあんたの生まれ在所から送られてきた柿は美味しかったんだよって、言ってた」

「会いたいな」

おひわの口から、か細い声が洩れた。

「ごめんね。今日は、連れてくる間がなかったんだよ」

お勝は、心を鬼にして嘘をついた。

「でも、よかった」

微かに笑みを浮かべてその一言を口にすると、おひわの眼がゆっくりと閉じた。

「先生」

お勝が呼びかけると、道円は、脈を取っていたおひわの左手に右手を組ませて、胸の上にゆっくりりと重ねた。

おひわの死を看取ったお勝は、道円屋敷を出ると『ごんげん長屋』へと足を向けた。

そのことは『岩木屋』に伝えると申し出てくれた作造に、甘えることにした。

『ごんげん長屋』の木戸を潜って井戸端を通り過ぎると、昨夜もお栄が泊まった家の戸は開いていて、お栄をはじめ、お琴やお富、お啓が、板張りを拭き、流しなどの水回りの掃除に勤《いそ》しんでいた。

「あれ、おっ母さん」

気づいたお琴が顔を向けると、

「様子でも見に来たのかい」

お啓がからかうような声を上げた。

「用事で近くに来たもんだから。ほら、『喜多村』の女将さんが、家財道具なんかは、今日のうちになんとかすると仰《おっしゃ》ってたから、どうなってるのかと思って」

お勝がそう返答するや否《いな》や、

「彦次郎さん、そこぶつけないよう」

表の方から伝兵衛の声が届き、何人もの足音が近づいてきた。

「あ、あれは多分、お栄ちゃんの荷物運びの連中だよ」

お富が断言した通り、戸口に、茶簞笥《ちゃだんす》を抱えた藤七と彦次郎が立ったので、お勝は急ぎ路地に出て、土間を空けた。

茶簞笥はすぐに家の中に運び入れられたが、そのあとには、夜具の布袋を抱えた辰之助、櫓炬燵《やぐらごたつ》と枕屏風《まくらびょうぶ》を持った岩造が続き、拭き掃除を終えた板の間に次々と置かれていく。

最後にやってきた伝兵衛が、抱えてきた七輪《しちりん》を土間の隅に置くと、

「伝兵衛さん、これでしまいですか」

と、お富が声を掛けた。

「いや。表に止めた大八車に、鍋釜《なべかま》やらなんやら、小物がまだいろいろ残ってるから、二、三人であと一回運べば片付きそうだよ」

「それじゃ、おれが行ってくるよ」

岩造が路地に出ると、「おれも行くよ」と辰之助が続き、彦次郎もそのあとについていく。

「しかし、たった半日で、よくもこれだけの物が集められたもんだねぇ」

板の間に並べられた道具類を見回して、お啓がため息をついた。

「なぁに、夜具一式は、料理屋『喜多村』の女中部屋の物なんだ。住み込みとなったら、お栄さんが使うはずの物だから、気にすることはないんだよ」

伝兵衛が打ち明けると、

「この茶簞笥と枕屛風は、おれと彦次郎さんとで町内の古道具屋を回って、安値で引き取ってきた代物《しろもの》でね」

藤七が茶簞笥を軽く叩くと、

「そのお代はお払いしますので、のちほど教えてください」

お栄が申し出る。

「お栄さん、それはいいんだよ。暮らし始めにかかる費《つい》えは、わたしが立て替えて、『喜多村』に請求することになってますから」

「それはありがとうございます」

伝兵衛からの返答を聞いたお栄は、笑顔で礼を述べた。

するとそこへ、茶碗や急須《きゅうす》などが入れられた鍋釜や、手拭《てぬぐ》いの突っ込まれた桶や盥《たらい》、それに、竹籠《たけかご》、笊《ざる》などが、岩造、辰之助、彦次郎によって家の中に運び入れられた。

「これで今日から、暮らしていけるね」

お啓がそう言うと、板張りに膝を揃えたお栄が、

「何から何まで、ありがとうございます」

床に手をついて、一同に頭を下げた。

「お栄ちゃん、礼を言うのはまだ早いよ。人の手があるうちに、みんなをこき使って、片付けてしまおうじゃないか」

お富が言うと、

「よく言ったお富。難しい置き方があるわけじゃないし、あっという間に片付くよぉ」

岩造も大きく頷いた。

「お栄さん、みんなの手を借りるといいよ」

お勝が笑みを向けると、お栄は大きく頷いた。

「片付いたら、茶と菓子を用意してますから、暇《ひま》なお人はわたしの家においでなさい」

「よしっ、さっさと片付けて、大家さんの家に行こうじゃないか」

お啓が、伝兵衛からの誘いに乗ると、一同からも賛同の声が上がった。

「すまないけど、わたしは『岩木屋』に戻らなきゃならないから、代わりにお琴

をこき使ってくださいまし」

お勝が芝居じみた物言いをすると、お琴は一同に向かって、「働かせてください」

と頭を下げた。

「それじゃわたしは」

そう声を掛けて皆に一礼したお勝は、路地へ出て、表の通りへと足を向けた。

表通りへ出てしばらくすると、背後から下駄の音が近づいてきた。

振り向いて足を止めたお勝の眼の前で、お琴が肩を動かして大きく息をした。

「どうしたんだい」

「おっ母さん、わたし、嬉しい」

顔を綻《ほころ》ばせたお琴の口から、そんな言葉が飛び出した。

「何がだい」

「年の近いお姉さんが、『ごんげん長屋』に住んでくれるから」

お琴の口からは、さらに意外な言葉が続いた。

長屋には、これまでお琴と年の近い女の子は住んだことがなかった。

一番若かったお志麻も、昨年、亭主の与之吉と他所《よそ》へ越した。

しかし若いといっても、お志麻は今年で二十六だった。

「そうだね。お栄さんは十九だから、お前とは、五つしか違わないね」

「うん、そうなの。だから、嬉しいんだ」

お琴の顔が、笑みに包まれた。

「よかったね」

お勝がそう言うと、

「うん」

ひとつ小さく頷いたお琴は踵《きびす》を返して、『ごんげん長屋』の方へ駆けていった。

この日、お琴と関わりのあったおひわが亡くなり、その日のうちにお栄が長屋の住人となった。

お栄はまるで、おひわの生まれ変わりではないかと、お勝はふと、そんな思いにとらわれた。

ポンポンと、どこからか、鼓《つづみ》の音がした。

するとすぐ、独特の節回《ふしまわ》しで語る声が聞こえてきた。

正月、江戸に現れて新年を寿《ことほ》ぎ、長寿を祈願する三河万歳《みかわまんざい》の鼓と口上だった。

新年早々万歳とは縁起《えんぎ》がいいね――胸の内で呟くと、お勝はしっかりとした足取りで歩き出す。

ポポン、ポポン、鼓の音が根津の空に響き渡った。

この作品は双葉文庫のために書き下ろされました。

双葉文庫

か-52-13

ごんげん長屋《ながや》つれづれ帖《ちよう》【八】

初春《はつはる》の客《きやく》

2024年3月16日　第1刷発行

【著者】
金子成人《かねこなりと》

【発行者】
箕浦克史
【発行所】
株式会社双葉社
〒162-8540 東京都新宿区東五軒町3番28号
［電話］03-5261-4818（営業部）　03-5261-4868（編集部）
www.futabasha.co.jp（双葉社の書籍・コミックが買えます）
【印刷所】
中央精版印刷株式会社
【製本所】
中央精版印刷株式会社

【フォーマット・デザイン】
日下潤一

ISBN978-4-575-67194-0 C0193
Printed in Japan

金子成人
ごんげん長屋つれづれ帖【一】長編時代小説
かみなりお勝
〈書き下ろし〉

根津権現門前町の裏店を舞台に、長屋の人情や親子の情をたっぷり描く、くすりと笑えてほろりと泣ける傑作人情シリーズ、注目の第一弾！

金子成人
ごんげん長屋つれづれ帖【二】長編時代小説
ゆく年に
〈書き下ろし〉

長屋の住人で、身重のおたかが倒れてしまった。周囲の世話でなんとか快方に向かうが、亭主の国松は意外な決断を下す。落涙必至の第二弾！

金子成人
ごんげん長屋つれづれ帖【三】長編時代小説
望郷の譜《ふ》
〈書き下ろし〉

長屋の住人たちを温かく見守る彦次郎とおよしの夫婦。穏やかな笑顔の裏には、哀しい過去が秘められていた。傑作人情シリーズ第三弾！

金子成人
ごんげん長屋つれづれ帖【四】長編時代小説
迎《むか》え提灯《ちょうちん》
〈書き下ろし〉

お勝の下の娘お妙は、旗本の姫様だった⁉ 我が子に持ち上がった思いもよらぬ話に、お勝の心はかき乱されて――。人気シリーズ第四弾！

金子成人
ごんげん長屋つれづれ帖【五】長編時代小説
池畔《ちはん》の子
〈書き下ろし〉

お勝たちの向かいに住まう青物売りのお六の、とある奇妙な行為。その裏には、お六の背負う哀しい真実があった。大人気シリーズ第五弾！

金子成人

ごんげん長屋つれづれ帖【六】

菩薩《ぼさつ》の顔

長編時代小説〈書き下ろし〉

二十六夜待ちの夜空に現れた、勢至菩薩様のお姿。ありがたい出来事の陰には、遠き日の悲しい恋の物語があった。大人気シリーズ第六弾！

金子成人

ごんげん長屋つれづれ帖【七】

ゆめのはなし

長編時代小説〈書き下ろし〉

貸本屋の与之吉が貸していた本に記された『たすけて』の文字。この出来事が、思わぬ出会いを運んできて——。大人気シリーズ第七弾！

坂岡真

はぐれ又兵衛例繰控《れいくりびかえ》【八】

赤札始末

長編時代小説〈書き下ろし〉

髪結床に貼られた赤猫の火札。自身の小机に同じ火札が置かれたのをみつけた又兵衛は、老風烈廻り同心とともに火札騒動の謎を追う——。

佐々木裕一

新・浪人若さま 新見左近【十五】

公方《くぼう》の宝

長編時代小説〈書き下ろし〉

将軍綱吉の娘、鶴姫が疱瘡の病に倒れた。民のあいだでも恐ろしい病への不安が高じる中、左近は疱瘡騒ぎの裏の怪しい話を耳にする——。

千野隆司

おれは一万石

銘茶《めいちゃ》の行方

長編時代小説〈書き下ろし〉

本家浜松藩の扶持米と、分家下妻藩が仕入れた銘茶を載せた荷船が奪われた。井上一門を襲った思わぬ災難により、正紀たちも窮地に陥る。